달콤한 메아리

상상청소년문학 _01

달콤한 메아리

초판 1쇄 발행 2023년 11월 25일

지은이 김혜리 | **펴낸이** 오연조
펴낸곳 ㈜상상스쿨
출판등록 2007년 6월 29일 제 2009-000075호
주소 경기도 고양시 일산동구 정발산로 24 웨스턴타워 T1-707호
전화 031-926-3397
팩스 031-901-5122
이메일 book@sangsangschool.co.kr

ISBN 979-11-90253-66-6 43810

ⓒ 김혜리, 2023

이 책은 저작권법에 따라 보호받는 저작물이므로 무단 전재와 복제를 금지하며,
이 책의 전부 또는 일부를 이용하려면 반드시 저작권자와 ㈜상상스쿨의 서면 동의를 받아야 합니다.

상상청소년문학 _01

달콤한 메아리

김혜리 지음

상상스쿨

차례

저수지 풍경 … 6

산동네 달동네 … 13

오리 아저씨 … 27

몰려온 먹구름 … 45

A급 태풍 … 63

바꿔 앉은 의자 … 83

제자리 찾아가기 … 102

뿌리내리지 못한 나무 … 115

생일 선물 … 123

달콤한 메아리 … 140

오리 아저씨의 결혼 … 165

장한 형제들 … 176

또다시 부는 바람 … 186

어른이 된다는 것은 … 198

작가의 말 꿈을 향한 메아리 … 212

저수지 풍경

    아이들이 던진 돌에 저수지가 깨어난다. 덩달아 묻혀 있던 내 기억들도 고개를 든다.
    "이얏!"
    "얏!"
    돌을 던지는 두 아이는 분명 도시의 아이들이다. 돌팔매질이 서툴 뿐 아니라 이곳에서 내려다보아도 옷매무새가 시골 아이들과는 완연히 다르다.
    게다가 시골 아이들은 저렇게 오래도록 돌팔매질을 하지

않는다. 냇가, 논, 밭, 낮은 산과 흙먼지 길……. 손짓하는 곳들이 너무나 많기 때문이다.

저수지를 내려다보는 구경꾼은 나 말고도 또 있었다. 내 뒤에 서 있는 허리 굽은 소나무와 키 작은 상수리나무, 벚나무, 버드나무 그리고 커다란 거북바위가 있다. 모두가 저수지를 오랫동안 감싸고 있던 터줏대감들이다.

그런데 두 명의 아이 가운데 한 아이가 눈앞에서 사라졌다. 남아 있는 아이는 허리를 굽혀 한참 동안 이리저리 무엇인가를 찾는다. 그러더니 잠시 뒤 아이는 몸을 45도로 꺾고, 얼굴은 앞을 향한 채 한쪽 팔을 한껏 뒤로 젖혔다. 그 모습은, 바라보고 있는 내 어깨에도 잔뜩 힘이 들어가게 했다. 젖힌 팔은 이내 저수지를 향해 힘껏 돌려 뻗는다.

'저건 물수제비 뜨기다!'

순간, 두 번의 눈부신 햇살이 물위에서 번개처럼 튀어올랐다.

"야아!"

아이는 두 팔을 번쩍 들고 그 자리에서 팔짝팔짝 뛰며 신이 났다. 그러자 사라졌던 아이와 아버지로 보이는 어른이 나타났고, 어른은 두 아이 앞에서 보란 듯이 물수제비 뜨기를 해 보였다.

'퍽 퍽 퍽 퍽.'

물위의 햇살들이 퉁겨 일어섬과 동시에 아이들의 탄성이 그 뒤를 따랐다.

어깨를 으쓱하던 어른은 같이 나타났던 아이와 함께 다시 사라졌다. 남은 아이는 지치지도 않는지 아까처럼 허리를 굽혔다. 어쩌면 둥글고 납작한 돌을 찾고 있는지도 모른다. 초등학교 다닐 때 하루 종일 혼자서 그림만 그려대던 내 모습을 문득 그 아이에게서 발견한다.

나는 앞에 있는 화선지 위에 먼저 제비 한 마리를 그려 넣었다. 같은 크기의 날개를 양쪽으로 펼치고 빠르게 나는 모습이 늘 좋아 보였기 때문이다.

두 다리로 힘차게 그리고 빨리 달릴 수 있는 것은 오래된 내 희망 사항이었다.

내가 다시 저수지를 바라보았을 때에도 아이는 건전지를 넣은 인형처럼 지칠 줄 모르게 움직이고 있었다. 그러다 갑자기 아이는 행동을 멈추고 어른이 사라진 쪽을 우두커니 바라보고 서 있었다.

　내 쪽에서 아이가 바라보는 곳을 보려면 5미터쯤 더 앞으로 나아가야 한다. 그러나 5미터 앞은 급경사 길이다. 그곳엔 이젤을 세울 수가 없다. 게다가 아이에게 지금껏 구경꾼이 있었다는 것을 들키고 싶지 않다.

　아이는 한참을 그대로 서 있었다. 나는 아이의 움직임을 기다리다가 다시 붓을 들었다. 그리려던 산길을 화선지 위에 옮겨오기 위해서였다. 그런데도 눈길은 자꾸만 아이의 움직임을 기다린다.

　'보이지 않는 저쪽에 누가 있는 걸까?'

　어느새 나는 그곳에 앉아 있을 아버지와 또 한 명의 아이 그리고 아이의 엄마와 누나를 상상하고 있었다. 다섯 식구. 바로 우리 가족의 모습이다.

　'푸드덕.'

　까치 한 마리가 그런 내 생각을 바로잡아 주려는 듯 요란한 소리로 소나무 사이를 건너뛰었다. 나는 물감도 묻히지 않은 붓을 화선지 위에 대어 보았다.

　화선지 속의 산길은 여전히 그 모습을 드러내지 않고 있었다. 하지만 나는 산길을 그려 넣어야만 한다. 그 길로 걸어 올 사람들이 있기 때문이다.

저수지로 오는 길은 두 개가 있었다. 하나는 저수지가 생기면서 만들어진 길이고, 다른 하나는 저수지가 있기 전부터 나 있는 구불구불한 산길이었다.

내가 앉은 자리에서 1시 방향만큼만 고개를 돌리면 그 산길이 보인다.

산길은 오랫동안 이곳으로 들어오는 단 하나의 길이었다. 너무 좁아서 자동차 바퀴가 한 번도 들어오지 못한 길이었다. 산길은 이곳에다 농사를 짓는 밭 주인들이, 가끔씩 타고 들어오는 자전거와 사람들 발길에만 문을 열었다. 나는 이곳에 올 때마다 한적한 그 산길을 걸었다. 걸으면서 내 눈에 비친 자연은 지금껏 알고 있는 어떤 것들보다 변화무쌍했다. 저수지의 물 색깔도 아침과 한낮 그리고 오후와 해질 녘이 모두 달랐다. 하늘과 나무도 바라볼 때마다 빛깔이 달랐다. 자연은 이렇듯 내게 너무나 경이로운 대상이고 새로운 경험이었다.

처음 이틀 동안, 나는 하루 종일 이곳에 나와 앉아 있기만 했다. 저수지를 감싸고 있는 많은 것을 감상하며 익숙해지기 위해서였다. 그런데도 나는 이곳에서 벌써 일주일째, 한 번도 같은 풍경과 같은 색깔을 본 적이 없다.

그림을 그리고 있는 동안에도 색깔은 바뀌었다.

나는 다시 산길을 그리기 위해 눈으로 그 길을 천천히 더듬었다. 그러나 산길은 이내 앞산과 만나는 구부러진 곳에서 제 모습을 감추었다. 소나무들이 보초병처럼 그 앞을 가로막고 있었기 때문이다.

붓을 입에 물고서 저수지를 바라보았다. 그런데 그새 아이가 사라졌다.

저수지에는 아무도 없었다. 아이들이 왔다 간 흔적도 없었고 한 식구가 다녀간 자국도 없었다. 마치 내가 살던 산동네에 재개발이 시작되면서 한꺼번에 없어져 버린 집들처럼 말이다. 저수지 역시 돌팔매질을 당한 자국 하나 없이 너무나 평온했고 잠잠했다.

그러나 한 번 깨어난 내 마음속의 기억들은 고개를 숙일 줄 모르고 어린 시절로 달려가고 있었다. 문득 사라진 아이들에 대한 아쉬운 마음이 생겼다.

'가서 이야기라도 한 번 건네 볼걸.'

햇살이 그런 나를 눈부시게 마주 보고 있었다.

'올 시간이 되었는데…….'

나는 산길 쪽으로 눈을 돌렸다.

'……!'

산길의 구부러진 곳에 점 두 개가 나타났다. 잠시 눈을 감았다. 그것은 햇살과 오래도록 눈싸움을 하고 나면 으레 나타나는 검은 점일 수도 있어서였다. 눈을 크게 떴다. 그러자 검은 점은 뚜렷한 사람의 모습으로 다가오고 있었다.

"형!"

나는 붓을 그릇에 던져 넣고 자리에서 벌떡 일어섰다.

"형! 형!"

내 소리에 놀란 까치가 푸드덕 날아갔다.

"종수야!"

날 부르는 소리를 쫓아서 산길과 만나는 지름길로 나는 있는 힘을 다해 달렸다.

산동네 달동네

"형!"

나는 밖에서 비친 가로등 불빛으로 형이 자리에서 일어난 것을 알았다.

"더 자! 아침이 되려면 아직 멀었어."

형은 털모자를 머리에 썼다.

"추울 텐데……."

"걱정 마! 처음에만 춥지 나중에는 추운 줄도 몰라."

형은 서둘러 방을 나갔다. 문을 열고 닫는 사이에 방문 밖에서 떨고 있던 찬바람이 순식간에 몰려들어왔다.

"아이 추워!"

바람은 그새 누나의 이불 속으로 들어간 모양이다. 곧이어 대문이 열리고 닫히는 소리가 들렸다.

"종호 나갔니?"

엄마의 목소리도 들렸다. 엄마는 그 시간에 내가 깨어 있다는 것을 알기라도 하듯 물으셨다.

"네!"

나는 옆으로 돌아누워 형이 사라진 문 쪽을 바라보았다. 밖에 가로등이 켜져 있어서인지 다른 날과 달리 밝게 보였다. 그렇지만 유리문 밖의 풍경이 보이는 것은 아니었다. 젖빛 유리는 새벽 하늘처럼 뿌연 빛을 안고 있었다.

그 가로등은 어제 달아 놓은 것이었다. 문간방에 세를 들어 사는 할머니가 어두운 골목길을 올라오다 넘어지셨기 때문이다.

"지금껏 그런 일이 한 번도 없었는데……."

엄마는 그렇게 말씀하시면서도 늦게 돌아오는 누나 때문에라도 가로등이 필요했다.

"전기세 반씩 내고 가로등을 답시다."

할머니께서는 곧바로 전파사에서 사람을 불러왔다. 그렇게 해서 새로 단 가로등 덕에 우리 방은 보름달이 떴을 때처럼 환해졌다.

"눈만 뜨면 날이 밝은 것 같아서 자꾸만 시계를 보게 돼."

종희 누나는 밝아진 방 때문에 쉽게 잠들지를 못했다.

"잠을 자야 일찍 일어나는데……."

누나는 집과 가까운 곳에 있는 곰인형 공장에 다닌다. 하지만 누나는 임시직이다. 미성년자여서 정식 취직이 안 될 뿐 아니라 출퇴근 시간도 정확하지 않았다.

약속대로라면 새벽 5시에 나가 아침 10시에 들어오고, 다시 저녁 5시에 나갔다가 밤 11시면 돌아와야 했다. 그러나 낮에도 돌아오는 시간이 12시를 넘겼고, 밤에도 자정을 넘기기 일쑤였다.

그러다 보니 누나는, '잠 한번 실컷 자 보는 게 소원'이라고 늘 말했었다.

"누나, 그래도 낮 시간을 잠자는 데 다 보내지 말고 검정고시 준비해."

형은 누나의 중학교 중퇴를 가장 아쉬워했다.

누나가 학교를 그만둔 것은 반복되는 아버지의 실직 때문이었다.

"금방 취직이 된다."

그렇게 말씀하시기를 또다시 6개월이 지났을 무렵, 누나는 학교에 가지 않았다.

"종호, 종수라도 학교에 다닐 수 있어야 해요."

누나는 그길로 곰인형 공장에 일당을 받는 근로자로 나갔다.

우리 동네는 이곳 광역시에서도 가장 높은 곳에 있다. 그것도 모자라 산봉우리를 향해 다닥다닥 지어지는 집들은 하늘 높은 줄 모르고 자꾸만 올라가고 있었다. 사람들은 그런 우리 동네를 '달동네'라고 불렀다.

나는 그 이름을 처음 들었을 때 참 멋있다는 생각을 했었다. 책에서도 보면 달과 함께 그려진 동네나 사람, 그리고 언덕이 무척 아름다워서였다. 그러나 누나는 버럭 화를 냈다.

"우리 동네 사람들을 단체로 무시하는 소리란 말야!"

어느새 학교에서도 우리 동네는 달동네로 통했다.

"칫! 저희들이 잘살면 또 얼마나 잘산다고!"

그렇게 말하던 종희 누나가 중학교를 그만둔 것에 대해 나는 심각하게 생각하지 않았다. 누나의 친구들도 벌써 몇 명이나 학교를 그만두었다. 돈을 벌어 생활비를 보태야 하기 때문이었다. 그러나 형은 달랐다.

"나중에 후회한다! 누나!"

"상관 마!"

"이 고생을 벗어나려면 누나, 공부해야 돼!"

누나는 그렇게 말하는 형을 바라보지 않았다.

"뒷바라지는 내가 다 할 거니까, 너희들은 공부나 열심히 해."

음식점 주방에서 일하시는 엄마도, 누나의 그런 고집을 꺾을 수 없었다. 벌써 2년 가까이 누나는 결근 한 번 하지 않고 공장에 나갔다.

"공장 일이 재미있어?"

얼마 전, 옷을 다리면서 콧노래를 부르는 누나에게 내가 물었다.

"아니."

"그럼 공장엔 그만 다녀. 아버지도 이제 돈을 버시잖아."

"지금은 안돼! 남의 땅에다 차린 건데 임대료 주고 나면 남는 것도 없다고 했어."

이런 고집만 빼고 내게는 둘도 없이 좋은 누나였다.

"종수야! 일어나라."

엄마 목소리에 눈을 떴을 때 누나는 벌써 공장에 나가고 없었다. 개어서 올려놓은 이부자리는 방 안에 언제 사람이 누워 있었냐는 듯 반듯했다.

엄마는 항상 아버지보다 먼저 집을 나섰다. 엄마가 일하러 다니는 음식점이 먼 곳에 있어서였다.

"아침 먹어라."

그러나 나는 언제나 형이 올 때까지 기다렸다. 형은 엄마가 차려 놓은 밥상이 식어갈 즈음이면 돌아왔다.

"먼저 먹으라니까."

나는 신문 배달을 하고 돌아오는 형과 마주 앉아 먹는 시간이 좋았다.

"학교에 가자."

형과 내가 이렇게 학교 갈 준비를 마치면 아버지는 그때서야 일어나셨다.

"학교에 다녀오겠습니다!"

그러고 나서 마루에 나와 서면 낮은 시멘트 담 너머로, 길 건너 부자 마을이 한눈에 들어왔다. 부자 마을도 우리 동네처럼 이름이 두 개였다. 본래의 이름은 '소라동'이었지만, 우리 동네 사람들은 그곳에 집들이 들어서면서부터 '부자 마을'이라고 불렀다. 집 한 채 크기가 산동네 집들의 몇 곱절로 지어졌기 때문이다.

해님은 그 마을을 언제나 먼저 찾아갔다. 마주 보이는 우리 동네는 그 다음 차례였다. 학교에서도 부자 마을에 사는 아이들은 산동네에 사는 아이들보다 공부도 운동도 앞장서서 잘했다.

"형, 저기 봐. 참 예쁘다!"

앞 동네 어느 집 유리창에서 반사되어 온 햇살은 길게 뻗은 은빛 화살 같았다. 금방이라도 그 화살은 우리 집 어딘가로 쌩하고 날아와 꽂힐 것만 같았다.

"학교 늦는단 말야!"

은빛 화살을 피해 고개를 갸웃거리는 나에게 형이 재촉했다.

"학교에 가는 거니?"

문간방에 세 든 할머니가 부스스한 옷차림으로 부엌문을 열고 나오셨다.

"부축해 드릴까요?"

형이 할머니 옆으로 다가갔다.

"괜찮다."

그러나 화장실에 가시는 걸음걸이가 넘어진 것 때문인지 매우 조심스러웠다.

"동물 농장 오리 같아."

내 말에 형은 얼른 검지 손가락을 입에 갖다 대었다. 그러더니 내 팔을 잡아끌었다.

"학교에 다녀오겠습니다."

대문을 나서면서 형은 또다시 인사를 했다.

"오냐!"

대답하는 아버지께서는 우리보다 일찍 집을 나선 적이 거의 없다. 직장에 나가는 날보다 집에 있는 날이 더 많았기 때문이다. 그러던 아버지가 얼마 전 종점 옆에 세차장을 차렸을 때, 형과 나는 부푼 가슴으로 한걸음에 달려갔다.

그렇지만 나무 판자로 울타리를 두른 세차장엔, 녹이 슨 컨테이너가 건물 대신 우리들을 맞이하고 있었다. 주황색 고무 호스와 빨간 고무장갑, 스펀지와 걸레 그리고 물통 몇 개가 그 안을 채운 물건의 전부였다. 게다가 흰색 페인트로 울타리에 써 있는 '세차장'이라는 글씨는 완전히 초등학교 1학년 수준이었다.

"에이! 시시해!"

내 말에 형은 눈을 부릅떴다.

"세차장은 다 이런 거야!"

그렇지만 나는 세차장을 종점의 주유소만큼이나 크게 생각했었다. 실망한 나는 친구들에게도 우리 아버지가 세차장을 하고 있다는 사실을 말하지 않았다. 아니, 들키지 않기를 바랐다. 그런데 어느 날 아침, 담임 선생님께서 내 이름을 부르셨다.

"아버지께서 세차장을 하시더구나."

나는 쥐구멍에라도 들어가고 싶었다.

"선생님 자동차가 종수 아버지 덕분에 아주 새 차가 되었단다."

선생님의 마지막 말이 없었더라면 나는 하루 종일 마음이 무거웠을 것이다. 다행히 친구들은 우리 아버지의 세차장에 대해 더 이상 묻지 않았다.

"형, 힘들지?"

한 발 앞서 골목길을 내려가는 형의 어깨가 이날따라 무거워 보였다.

"네가 걷는 것보다 훨씬 쉬운 일이야."

형은 내 책가방을 등교 때마다 들어다 주었다.

내가 다리 하나를 절게 된 것은 세 살 때부터였다. 이유도 없이 앉은자리에서 일어서지를 못했다.

"소아마비인가?"

"요즘 세상에 소아마비가 어딨어요?"

엄마와 아버지는 그런 나를 데리고, 이 약국 저 약국을 찾아다니셨다.

"병원으로 가십시오."

"네 알겠습니다……. 종수 아버지, 종합병원에 가 봐야겠어요."

엄마가 드디어 병원에 가기로 결심하셨다.

그런데 한동안 잠 안 자고 보채기까지 했던 내가 이상하게도 그 즈음부터는 잠잠해졌다고 한다.

"휴! 이제 나으려나 봐요."

엄마와 아버지가 안심하게 된 이유는 또 있었다. 전에도 이유 없이 앓다가 낫는 일이 몇 번씩 있어서였다. 감기, 배 아픈 것, 그리고 열 나는 것까지도.

모두가 시간이 지나면 자연히 회복되었다. 그런데 다리 아픈 것도 그러려니 하다가 치료 시기를 놓친 것이다. 다리 한쪽은 해가 갈수록 가늘어지고 힘이 없었다. 게다가 반대쪽 다리보다 약간은 짧게 자라고 있었다.

초등학교 1학년 때는 아이들의 놀림 때문에 학교에 가지 않으려고도 했었다. 그러나 형은 옆에서 든든한 방패가 되어 주었고, 5학년이 된 지금까지도 형은 여전히 내 책가방을 들고서 함께 집을 나섰다.

"학교 가니?"

종점에서 어묵 장사를 하는 순희네 아줌마가 우리 뒤를 바싹 쫓아오셨다.

"안녕하세요?"

"오냐! 종수는 정말 좋은 형을 두었구나. 하루 이틀도 아니고……. 종호는 대체 누굴 닮은 거니?"

양손에 물건을 든 아줌마는 우리를 쳐다보더니 씨익 웃으셨다.

"들어다 드릴까요?"

형이 물었다.

"동생이나 잘 데리고 어서들 가라. 날씨가 제법 쌀쌀하다."

아줌마는 우리 옆을 지나 빠르게 골목길을 내려가셨다.

나는 사람들의 뒷모습을 보는 게 익숙하다. 친구들, 아이들, 그리고 동네 어른들도 모두가 내 옆을 바삐 지나쳐 갔다. 그러나 형만큼은 언제나 옆에서 나를 기다려 주었다.

학교는 부자 마을과 우리 동네의 중간 쯤에 있었다. 내가 초등학교 1학년에 다닐 때만 해도 학교 앞으로는 개울물이 흘렀었다. 그런데 뒤늦게 부자 마을이 들어서면서부터 그 물

길이 없어졌다. 모기가 생기고 지저분하다면서 시멘트로 덮어 버린 것이다. 그래도 모기는 여름만 되면 잊지 않고 찾아왔다.

"잘가, 형!"

교문 앞에서 내 어깨에 책가방을 메어 준 형은, 손을 한 번 흔들더니 이내 보이지 않았다. 2년 전만 해도 종호 형은 우리 학교의 전교학생회장이었다. 부자 마을에 사는 형을 제치고 종호 형이 회장에 당선되던 날, 나는 교실에서 환호성을 질렀다. 그러나 엄마는 반대로 한숨을 푹푹 내쉬었다.

"돈 한 푼도 없는데 쟤가 어쩌려고……."

나는 엄마가 왜 그런 말을 하는지 무척 안타까웠다. 좌우간 엄마만 빼고 달동네 사는 어른과 아이 모두는 그날, 박수갈채를 아끼지 않았다.

"어휴! 속이 다 시원하네!"

구멍가게 아줌마가 그렇게까지 말하게 된 이유가 있었다. 부자 마을이 들어설 때, 그곳 마을 옆에 학교 부지로 남겨 놓은 넓은 땅 때문이었다.

"코앞에 초등학교가 있는데도, 부자 마을 쪽에다 또다시 초등학교를 세운대나 봐요!"

"이쪽의 학교 시설이 너무 낡아서 그런다고들 하지만, 산동네 아이들과 따로 공부하겠다는 거지 뭐!"

"시설이 낡기는 뭐가 낡아요? 우리 동네 집들보다 훨씬 튼튼하게 생겼는걸."

그러나 어찌 된 일인지 그 땅은 지금까지도 공터로 남아 있었다. 결국 학교 이야기는 소문으로 시작해서 소문으로 끝난 셈이었다. 그런데도 산동네 사람들은 쉽사리 그 일을 잊지 못했다.

"네가 정말 부자 마을 아이들을 제치고 회장에 당선된 거냐?"

형은 6학년 내내 그런 동네 사람들의 자랑거리였다.

"쟤가 저 앞 보람초등학교 전교학생회장이에요."

골목 입구의 구멍가게 아줌마는 종호 형만 지나가면 아무나 붙잡고 이야기했다.

"넌, 네 집 식구 누구를 닮은 거니?"

형에게 이런 말이 쏟아져 나온 것도 그때부터였다.

오리 아저씨

　종호 형의 당선 소식을 누구보다 기뻐하던 또 한 사람이 있었다. 우리 동네 산꼭대기에 사는 오리 아저씨였다.
　아저씨는 어느 날 불쑥 우리들이 놀이터로 쓰고 있는 곳에 울타리를 쳤고, 그곳에 오리와 닭들을 가져와 키우기 시작했다. 그것 말고도 개 한 마리와 도시에서는 좀처럼 구경할 수 없는 토끼도 있었다.
　나는 빨간 눈의 흰토끼를 아주 좋아했다. 그놈은 나를 겁내기 때문이었다. 지금껏 어느 누구도 나를 보고 겁내는 걸

보지 못했었다. 그러나 토끼는 달랐다. 구석으로 달아난 뒤 내가 어서 돌아가기를 기다렸다. 그래서 그 토끼와 친해지려고 윗집 송이네 화분에 있는 화초를 뽑아다 준 적이 있었다.

"이놈의 동네는 별걸 다 훔쳐간다니까! 그래, 가져갈 게 없어서 화초를 다 뽑아간대냐?"

그날 송이 엄마의 목소리가 뒷담을 넘어왔을 때, 나는 쥐 죽은 듯 조용히 있었다. 토끼가 너무 잘 받아먹어서 더 있었으면 아마 나머지도 몽땅 뽑아다 주었을 것이다.

그런데 어찌된 일인지 형이 내 짓인 줄 알아 버렸다.

"아카시아 잎이 나오려면 더 기다려야 하잖아."

"그렇다고 남의 집 화초를 뽑아 가는 애가 어딨어?"

평소 때와 달리 화가 난 형의 목소리는 훈계하시는 교장 선생님만큼이나 우렁찼다. 하기야 그 목소리로 학생회장 소견 발표를 할 때, 친구들도 여자아이 같은 내 목소리와 너무 다르다며 놀려 대기까지 했었다.

"사춘기가 지나면 종수도 달라진다!"

그때 담임 선생님께서 하셨던 말씀은 놀려 대는 아이들의 웃음소리를 싹 거두어 갔다. 그리고 나서 형은 우렁찬 목소리만큼 당당하게 회장에 당선이 되었다.

"아저씨! 종호 형이 회장 됐어요."
"야! 그 어마어마한 자리를 맡게 되다니……. 우리나라에서 가장 큰 세성그룹의 이장희 씨도 회장이고, 미강그룹 정시용 씨도 회장인데, 이제부터 그 사람들과 맞먹게 됐다."
오리 아저씨는 껄껄 웃으며 좋아하셨다.
"너도 출세한 거다. 회장님 동생이니 머지않아 부회장 자리는 따 놓은 당상 아니냐!"
그게 아니어도 나는 어깨를 펴고 다닐 수 있게 된 것만으로도 무척 기뻤다. 정말 어디에든 더 내어놓고 자랑하고 싶었다.
"우리 형이 회장이란 말야!"
머릿속의 생각이 아마 글씨로 나타났다면, 내 얼굴엔 그렇게 크게 써 있었을 것이다.
"사람은 저마다 자기의 그릇을 가지고 있거든."
나는 오리 아저씨가 하는 그 말을 잘 이해할 수 없었다. 하지만 형이 없는 곳에서 아이들의 놀림을 막아 주고, 게다가 내 마음을 이야기할 수 있는 어른이 있다는 것은 참 든든한 일이었다.

"아저씨, 정말 기쁘세요?"

"그럼 그럼."

나는 그런 아저씨가 좋았다.

그러나 뒷집에 사는 송이네 엄마는 동물 농장과 오리 아저씨를 매우 싫어했다.

"어이구! 이 냄새! 저걸 하루빨리 없애든지 해야지!"

닭과 오리의 숫자가 늘어나자 비 오는 날엔, 동물들의 배설물이 골목길을 타고 내려가 온 동네에 고약한 냄새를 풍겼기 때문이다.

그러다 누군가 동물 농장의 움막을 불법 건물로 신고를 했다. 구청에서 철거반이 왔다는 말에 동네 사람들이 우르르 몰려나갔다. 아이들도 구경꾼으로 떼몰려서 달려갔다. 철거반은 순식간에 사람들이 만든 장막에 밀려 그냥 돌아갈 수밖에 없었다.

그때 맨 앞줄에서 철거반을 향해 "물러가라!"고 외친 사람은 구멍가게 아줌마였다.

"어려운 사람끼리 서로 돕지 않으면 누가 우릴 위해 주느냐구!"

그러면서 아줌마는 걷어올린 옷소매를 풀어 내렸다.

"감사합니다! 감사합니다!"

뒤늦게 달려온 오리 아저씨는 동네 사람들에게 진심으로 고마워했다.

"그건 그렇고 대체 누가 신고를 한 거야!"

구멍가게 아줌마는 둘러 서 있는 사람들을 주욱 훑어보았다. 나는 그 자리에 나오지 않은 송이네 엄마 얼굴을 떠올렸다.

"종수야, 내가 가방 들어다 줄까?"

수업이 끝나고 같은 반 친구인 준서가 내 옆으로 왔다. 교실 창문에 바싹 붙어서서 교문 앞을 살피는 나를 본 것이다.

"아니야, 내가 메고 갈 수 있어."

나는 크게 숨을 한 번 들이쉬고 나서 어깨에 가방을 멨다.

"혼자서 걸어 봐! 남에게 의지하지 말고!"

오리 아저씨가 내게 늘 했던 말을 나는 어느새 입버릇처럼 외우고 있었다. 하지만 형과 누나는 내 생각과 상관없이 등하굣길을 나누어 지켰다. 하굣길엔 누나가 교문 앞까지 나와 있었다.

그런데 그날은 골목길 입구에 들어설 때까지도 모습이 보이지 않았다. 집에 들어서고 보니 웬일로 누나가 방 안에 누워 있었다.

"어디가 아파?"

"기계에 손이 물렸어."

누나의 손에는 하얀 붕대가 감겨 있었다. 다행히 병원으로 곧바로 가서 치료를 받았기 때문에 손가락을 못 쓰게 되는 일은 없을 거라고 했다. 누나는 공장을 당분간 쉬기로 했다. 손이 나을 때까지였다. 그러나 병원비 한 푼 도와 주지 않는 공장이 야속하기만 했다.

누나는 집에서 손을 소독할 때마다 비명을 질렀다. 나는 그러는 누나가 몹시 걱정되었다.

"나중에 의사 선생님이 되어서 가난한 사람들은 모두 공짜로 치료해 줄거야."

나는 이때 누나의 다친 손 때문에 의사가 되겠다는 생각을 잠시 했었다.

며칠 뒤, 누나는 손이 다 낫지도 않았으면서 골목길까지 나와 있었다.

"내 등에 업혀."

"싫어! 손 아프잖아."

"상관없어. 이제 다 나았어."

누나는 붕대를 감은 팔을 휘휘 흔들어 보였다.

"자 업혀!"

누나는 내 앞에 쭈그리고 앉았다.

"며칠 동안 마중 못 나간 것 대신이다. 그리고 너 아기였을 때, 이 누나가 얼마나 많이 업어 준 줄 아니?"

누나의 등은 참 따뜻했다. 내가 엄마의 등에 업혔던 것보다 더 많은 기억이 있는 곳이다.

"너희 형제들 우애하는 것은 온 동네가 본받을 만하다."

우리들 옆을 지나가는 사람들은 말없이 그냥 지나치지 못했다.

"학교 가까운 곳으로 이사를 가면 좋으련만……."

그런 염려까지 해 주었다. 그러나 우리 집을 포함한 산동네 사람들은 좀처럼 그곳을 벗어나지 못했다. 꼭 끼인 반지처럼 오래도록 머물렀다. 그러다 보니 누구 집 아이가 어떻고 누구 집에 무슨 일이 일어났는지를 서로가 훤히 알고 있었다.

관심이 없어도 오다가다 들르는 구멍가게에서 온갖 소식을 다 들을 수 있었다. 종점에서 장사를 하는 어묵집, 호떡집, 그리고 떡볶이집 아줌마들이 통신원이 되었다.

"종수야, 이거 봐라."

누나는 마루에 나를 내려놓으며 낯선 화분들을 가리키며 말했다.

"웬 거야?"

"뒷집 송이네가 이사 가면서 버리고 간 거야."

그러나 버리고 간 화분들은 우리 집에 있는 어떤 그릇보다 더 새거였다. 꽃 그림과 나무 그림들이 그려진 사기화분은 꽃을 피우고 있지 않아도 아름다웠다.

"이건 군자란이고, 이건 오렌지나무, 그리고 저건 치자나무야."

누나는 어느새 꽃나무의 이름까지 알고 있었다.

"송이네는 정말 좋겠다."

누나는 군자란 잎을 다치지 않은 손으로 죽 잡아 훑었다.

송이네가 길 건너 부자 마을로 이사 갈 거라는 소문은 일찍부터 있었다. 송이네 아버지가 종점에서 전파상을 하고 있었는데 돈을 꽤 모았다는 것이었다.

"그까짓 부자 마을! 언제든 맘만 먹으면 갈 수 있는 곳 아니에요?"

송이 엄마의 이런 자신감 있는 말 때문에 그 소문은 끊이지 않고 있었다.

그런데 시골에 살고 있는 송이 할아버지께서 보란 듯이 돈까지 보태 주어 이사를 앞당기게 된 것이다. 송이네 할아버지는 시골에 땅을 많이 가지고 있었다. 그런데 그 땅이 개발지역으로 들어가면서 엄청난 보상금을 받았다고 했다. 나는 구멍가게를 들를 때마다 그 소리를 열 번도 넘게 들었다.

"오머! 오머나! 그런 행운이! 정말로 복도 많지 뭐유!"

아줌마들은 쉽사리 구멍가게를 나가지 못했다. 그럴 때 구멍가게 아줌마는 마치 자기 일처럼 떠들면서 이야기를 계속했다.

엄마가 송이네 집 이야기에 기운 없어 하던 때는 얼마가 더 지나서였다.

"참나, 우린 그렇게 희망을 걸어 볼 땅 쪼가리 하나 없으니 원……."

"공짜 바라지 말아요. 지금부터 하나하나 쌓아 가면 되는 거지."

아버지는 엄마에게 훈시하듯 말씀하셨다.

"어휴! 어느 세월에요! 송이 엄마나 송이가 입은 옷 못 보셨어요? 여기서 살 때도 부자 마을 사람들하고 똑같았었다구요."

엄마는 일찍 나가고 늦게 들어오는데도 언제 송이와 송이 아줌마를 자세히 본 것일까?

그런데 송이네가 이사를 가면서 쓰던 살림을 몽땅 버리고 간 것이 또 화제가 되었다.

"멀쩡한 옷장과 그릇들을 전부 옆집에 주고 갔대요."

그러나 사람들은 그것으로 궁금증을 달래지 못했다.

"새로 이사 간 집에 가 봤더니 글쎄, 안방에는 고급스런 붙박이장이 있고, 부엌의 냉장고도 9백 리터짜리가 들어가 있더래요."

"뭐냐 뭐냐. 집 안에 없는 것 없이 다 갖춰 놓고 부자 마을에서도 떵떵거리며 산다잖아요."

"할아버지가 얼마나 많은 돈을 주었기에 그런데요?"

"그 집은 여기 있을 때부터 원래 알부자였어."

구멍가게로 두부 한 모만 사러 가도 뒷 소식을 다 들을 수 있었다.

"그런데…… 송이 할아버지가 한때는 바람둥이였대요. 그것이 미안해서 지금 자식들에게 한꺼번에 보상하는 거래요."

아줌마들은 모르는게 없었다. 멀리 시골에 사는 이름 모를 할아버지까지, 구멍가게의 단골 이야기 손님이 되었다.

"송이 엄마 얼굴을 봐요. 턱이 두툼한 게 복이 많게 생겼잖아요."

다른 사람들은 그렇게 생기지를 못해서 못 산다는 쪽으로 이야기는 끝나 가고 있었다.

"종수 너, 뭐 달랬지?"

구멍가게 아줌마는 그때서야 우두커니 서 있는 나를 보

고 말했다.

"어른들 이야기를 그렇게 엿듣고 있으면 안 돼요!"

구멍가게 아줌마는 비닐봉지 속에 두부 한 모를 넣어 주셨다.

"누나 손은 이제 괜찮니? 공장에 다시 나가는 거냐?"

아줌마는 내 돈을 받아 앞 주머니에 집어넣었다.

"실례합니다."

내 대답이 있기도 전에 낯선 할머니 한 분이 가게 안으로 들어섰다.

"네. 네."

아줌마는 가게 안에 매달린 백열등의 불을 얼른 켰다. 그 밑에서 물건들이 깜짝 놀라며 금세 자세를 바로하는 것 같았다. 마치 교실에서 떠들어 대다 선생님이 들어오시면 재빨리 바른 자세로 앉는 우리들처럼 말이다. 나는 두부를 들고 가게 안을 나왔다.

"왜 이렇게 늦었니?"

누나는 대문 앞에 나와 있었다.

"송이네 이야기 듣느라고 그랬어."

"떠버리 아줌마 그 버릇은 언제쯤이나 고쳐질까?"

누나는 내 손에서 두부를 낚아채듯이 받아 갔다. 누나도 예외 없이 그 아줌마 입에 오르내린 적이 있었다.

"머리에 피도 안 마른 게 벌써부터 연애질이잖아요."

아줌마는 사람들에게 누나를 그렇게 말했었다. 남학생 친구들과 어울려 아무 생각 없이 구멍가게에 들렀던 것이다. 그런데 같이 있던 형 한 명이 담배를 달라고 한 모양이다.

"담배? 그런 것 여기 없다."

거기까지는 좋았는데, 이야기는 돌고 돌아 누나까지 담배를 피운다는 소문이 퍼졌다. 학교를 그만둔 것만으로도 어른들은 누나를 착하게 보지 않았다.

"웃기는 아줌마야! 그렇게 맨날 떠들고 남 얘기만 하고 있으니, 가게에 물건이 떨어져도 모르지."

누나는 누나대로 소문을 만들어 낸 구멍가게 아줌마를 아주 못마땅해했다.

"그 가게에서 물건 하나 사나 봐라!"

그래서 모든 심부름을 내가 하게 되었다. 그렇지 않으면 두부 한 모를 사기 위해 누나가 직접 종점까지 내려가야만 했다.

"이사 간 송이네 아줌마, 아마 귀가 퍽 간지러우실 거야."

중얼중얼…….

누나는 부엌에서 한참을 그러고 있었다. 나는 그림 숙제를 마저 끝내기 위해 마루 위에 엎드렸다. 아까부터 나는 화분에 그려진 그림들을 그대로 흉내 내고 있었다. 그런데 고개를 들었을 때 골목길을 올라오는 한 할머니가 눈에 띄었다.

있으나 마나 한 낮은 벽돌담은 그만큼 골목길도 앞마당처럼 훤히 내다보이게 했다. 그 할머니가 눈에 띈 것은 산동네에서 볼 수 없는 깨끗한 얼굴과 환한 옷차림 때문이었다. 게다가 희끗한 머리카락……. 아까 구멍가게에서 잠시 보았던 할머니였다. 그러나 할머니가 집 가까이 올라올수록 이쪽에서는 벽돌담에 가리워서 모습이 보이지 않았다.

'누구네 할머니지?'

내가 아는 친구들 중에는 그런 할머니가 안 계셨다. 나는 들고 있던 스케치북을 마루에 내려놓고 벌떡 일어섰다. 할머니는 우리 집 부근에서 한참을 서 계셨다.

"누구네 할머니지?"

내 소리에 누나가 부엌문 사이로 고개를 내밀었다.

"뭐라구?"

"이상한 할머니가 있어."

"뭐?"

누나가 급히 내 옆으로 왔다.

"아까 구멍가게에서 보았는데, 지금은 저기에 저렇게 서 있잖아."

"얘는? 집을 찾다 보면 그럴 수도 있지."

누나는 휙 돌아서더니 부엌으로 다시 들어갔다.

"구멍가게에서 분명히 보았다니까."

"그럼 문간방 할머니 찾아오신 손님이겠지."

누나는 생각을 빨리 마무리했다.

"누가 왔다구?"

문간방 할머니가 우리들 소리를 듣고 밖으로 나오셨다.

"친구분이 오셨나 봐요."

할머니는 대문 밖을 내다보셨다.

"아무도 없잖니?"

그새 머리가 희끗한 할머니는 더 위쪽으로 죽 올라가셨

을까?

"이상한 할머니야."

내다본 골목길엔 정말 사람의 그림자조차 없었다.

"종수야!"

종호 형이 들어선 것은 누나가 출근한 바로 뒤였다.

"환경 정리하느라고 좀 늦었어."

종호 형은 누나가 차려 놓고 나간 밥상을 들고 들어왔다.

"골목길 올라오다 어떤 할머니 못 봤어?"

"못 봤는데."

형은 부지런히 밥을 먹었다. 그럴 땐 꼭 밥 먹기 시합에 나온 선수 같았다. 형은 왼손잡이였다. 왼손으로 젓가락을 집었고 숟가락으로 국물까지 거뜬히 떴다.

"집안에 왼손잡이가 없는데 웬일인지 모르겠어요."

그러면서 엄마는 형의 왼손잡이 버릇을 고쳐 주려고 자주 야단을 치셨다. 그래서 형은 엄마가 있을 땐 오른손을 사용하고, 엄마가 없으면 모든 일을 왼손으로 했다.

"이게 훨씬 편하거든."

내가 봐도 오른손으로 먹는 게 더 서툴러 보였다. 공부할 때도 곧잘 왼손으로 연필을 쥐었다. 나는 엄마가 하지 말라는 그것이 더 재미있어 보였다. 그래서 엄마가 안 계실 때는 형을 따라서 흉내를 내보기도 했다. 그러나 마음먹은 대로 연필이 움직여 주지 않았다.

"형이 공부를 잘하는 것은 왼손과 오른손을 다 쓸 수 있어서 그런 거래. 오리 아저씨가 그러던걸."

내 말에 종호 형은 피식 웃었다.

"할머니나 할아버지가 왼손잡이였을까?"

형은 고개를 저었다.

"왼손잡이는 유전이 아니야."

형은 나보다 세 살 위인데도 모르는 게 없었다. 문득, 유전하고 상관없이 내게도 할머니나 할아버지가 계셨으면 얼마나 좋을까 하는 생각을 했다. 우리 집은 어쩐 일로 친가나 외가 쪽으로 아무도 살아 계시지 않았다. 엄마의 형제도 없었고 아버지의 형제도 없었다.

간혹 어떤 아저씨들이 찾아오면 아버지께서 "인사해라. 큰아버지시다."라고 말씀하셨지만, 그날로 "큰아버지!"라고 한번 불러보지도 못하고 사라지셨다.

　그러나 나는 이사 간 송이네처럼 먼 시골에 우리 할머니와 할아버지도 살고 계신다는 생각을 가끔씩 했었다. 송이네 집 할머니와 할아버지가 오시면, 내 머릿속에 사시는 할머니 할아버지도 나를 찾아오셨다.

　"종희, 종호, 종수 잘 있었니?"

　어느새 내 머릿속의 할머니와 할아버지께서는 활짝 웃으시며 내 머리를 쓰다듬고 계셨다.

몰려온 먹구름

"무슨 소리예요?"

가로등 불빛 탓이었다. 나도 누나처럼 눈만 뜨면 벽에 걸린 시계를 바라보았다. 시곗바늘은 밤 12시를 넘기고 있었다. 엄마 목소리는 무엇인가에 몹시 놀란 듯했다.

"글쎄, 오늘 오후에 세차장으로 두 사람이 찾아왔더라고."

아버지는 조금 전에 돌아오신 것 같았다.

"별 엉뚱한 사람들 다 보겠네요."

"내 말이 그 말이야. 애가 바뀌었다니, 그게 말이나 될 법한 이야기냐구. 더군다나 종합병원에서, 그것도 15년 전에 말이오."

아버지는 낮에 세차장으로 찾아온 누군가에 대해 이야기하고 있었다.

"생일이 같은 아이가 어디 한둘인가요? 그날 종호가 태어난 병원에서만도 열 명은 될 텐데요."

엄마는 낮은 소리로 이야기를 했다.

"그래서 하는 말이오. 애가 바뀌다니 지금이 어떤 세상인데 그게 될 법한 소리냐구!"

"조용히 좀 말해요. 애들 깨겠어요."

엄마가 아버지에게 주의를 주셨다.

"내 말은 그 사람들이 찾는 아이가 꼭 종호라는 게 아니고, 그날 태어난 아이들을 다 만나고 있는 중인데 협조 좀 부탁한다는 거야. 아이를 멀리서 구경만 하겠다나……."

"어이구! 귀한 내 자식 엉뚱한 사람들에게 구경은 무슨 구경이에요."

엄마의 목소리가 느닷없이 높아졌다.

"그 사람들 알고 보니 부자 마을 사람들이더라구."

"종호가 태어날 때는 부자 마을도 없었잖아요."

"그 집이 종합병원 근처에 살았었다고 하던데 뭘. 그러니까 아이를 그곳에서 낳은 거지."

"좌우간 우리 종호는 아니에요. 하지만 그 집도 참 안됐네요. 어쩌다 아이가 다 바뀌었데요?"

엄마가 드디어 낯선 사람들을 동정했다.

"나도 처음에는 발끈했다가 나중에는 당신 같은 생각이 들더라구. 그래서 아이가 조금 있으면 올 거니까 먼발치에서 보고 가라고 했지 뭐."

"이 양반이 지금 정신이 있어요? 종호가 어떻게 태어난 아인데 바뀔 리가 있느냐구요!"

"나도 그만큼 자신이 있으니까 아이를 보라고 한 거요. 자식 둔 사람의 마음이 너무 모질어도 안 되는 거요. 같이 온 사람 중에는 머리가 희끗한 노인분도 있었으니까."

이번에는 아버지께서 엄마를 타일렀다.

"그런데 어쩌다 이제서야 아이 바뀐 것을 알았데요?"

"그거야 모르지. 생일이 같다는 것만 알고 찾아 왔다는

데……. 그런데…….”

"그런데 또 뭐예요?"

"그 사람들 말야. 돌아간 다음 생각해 보니까, 뭔가 잔뜩 뒷조사를 하고 온 것 같더라구."

"무슨 조사요? 우리가 뭘 잘못한 거라도 있어요?"

엄마의 목소리는 약간 떨리는 듯했다.

"그게 아니고 종호가 사는 곳을 알 정도면 말이요."

"염려 없어요. 난, 내 뱃속에서 나온 아이를 안고 퇴원했으니까."

"누가 그걸 모른데? 15년 전 생일이 같은 아이들을 찾아다니는 것을 보면 말야. 꽤 많은 조사를 한 것 같았어. 하기야 요즈음엔 컴퓨터가 있어서 그런 것쯤이야 가능하다고들 하더구먼."

"그래도 내 자식은 바뀐 게 아니니까 염려 말고 주무세요."

엄마는 이내 코를 고셨다. 나도 금세 잠이 들었다.

다음 날 학교에서 집에 돌아온 나는 곧바로 동물 농장의 오리 아저씨에게로 갔다.

"어서 와라. 토끼가 새끼를 낳았다."

아저씨는 토끼 우리를 손으로 가리켰다.

"토끼장에 손은 넣지 마라."

나는 조금 떨어진 곳에 쭈그리고 앉아 엄마 토끼를 바라보았다.

"새끼 중에서 한 마리씩을 너와 종호에게 주려고 해. 그것을 잘 키워서 너희들 생일 때 팔도록 하자."

아저씨는 생일이 되어도 특별한 음식 하나 없는 우리들을 안쓰러워하셨다.

"미역국 먹었니?"

"아니오!"

"그럼……."

"나중에 잘살게 되면 엄마가 미역국도 끓여 주고 떡도 해 주신댔어요."

"그럼 그럼! 그때 가서 밀렸던 것, 두 그릇씩 먹어도 된다."

나는 그런 생일과는 상관없이 내 이름이 붙여진 동물이 있다는 것에 더 큰 관심을 두었다.

달콤한 메아리 49

"아저씨, 토끼네 새끼도 바뀔 수 있나요?"

나는 어제 저녁 엄마와 아버지 두 분이 하시던 말씀이 생각났다.

"바뀔 수가 없지. 어미는 냄새로 자기 새끼를 구별하거든. 게다가 어미 토끼는 새끼를 종일토록 지키고 있어서, 누구의 손도 함부로 들어갈 수가 없어."

고개를 끄덕이는 나를 어미 토끼가 뚫어지게 바라보았다. 그러면서 쉴새없이 입을 오물거렸다. 뒤에 감춰 놓은 새끼들에게 이야기를 전해 주는 것 같았다.

"저 앞에 앉아 있는 아이가 네 이름과 똑같은 종수라는 애란다."

토끼는 그것말고도 아마, 다리를 다치지 않도록 조심하라는 말을 꼭 해 주었을 것이다.

다쳤던 누나의 손은 흉터 자국이 보기 흉했다.

"얼굴 찡그리지 마! 나 이젠 괜찮아."

누나는 내 앞에서 흉터 자리를 꾹꾹 눌러 보였다. 그런 손으로 공장에 다시 나가려는 누나를 보면 마음이 아팠다.

누나의 화분이 그런 모두의 마음을 위로하려고 했을까. 그새 오렌지 꽃을 활짝 피운 것이다. 그 향기는 집 안 곳곳을 돌아다녔다. 하지만 심심했었나 보다. 식구들 몰래 친구 찾으러 얼마나 멀리까지 갔었는지, 꿀벌들을 한꺼번에 열 마리도 넘게 데리고 왔다.

"내 화분이야. 깨뜨리면 안 돼!"

누나는 화분 주위를 서성이는 내가 불안했던 모양이다.

"걱정 마! 벌을 보고 있는 거야."

"벌의 배꼽이라도 볼 작정이니? 그렇게 가깝게 앉아서……. 그러다가 얼굴에 벌침이라도 쏘이면 어쩌려고."

나는 화분과 오렌지나무와 벌의 움직임을 사진 찍듯 머리에 담고 있었다.

"우아! 종수 그림 좀 봐!"

형이 내 스케치북을 보더니 입을 다물지 못했다. 화분과 오렌지나무와 벌이, 그대로 그림 속에 들어가 있었던 것이다. 나는 밤새 그 벌을 따라 오렌지꽃 속에서 함께 놀았다.

다음 날도 형은 내 책가방을 들고서 대문을 나섰다. 그런데 아침부터 구멍가게 앞에 서 있는 이상한 할머니를 다시 보게 되었다.

할머니는 누군가를 기다리고 있었다. 우리가 내려오는 골목길 쪽을 뚫어지게 바라보고 계셔서 그걸 알 수 있었다. 나도 할머니를 똑바로 쳐다보았고, 그러다 보니 할머니의 얼굴 표정을 빠뜨리지 않고 읽을 수 있었다. 할머니는 한마디로 정신 나간 사람처럼 형을 바라보았다. 나중에는 입을 벌린 상태에서 숨도 안 쉬고 서 있는 것 같았다.

"형!"

내가 작은 소리로 힘주어 불렀다.

"왜?"

"저어기……."

"누가 있어?"

형은 주위를 두리번거렸다.

"구멍가게 앞을 봐!"

형이 뒤돌아보았을 때 나는 일부러 앞을 보고 있었다.

"왜 뭐가 어때서?"

내가 얼른 돌아본 그곳에는 정말 아무도 없었다.

"할머니가 서 계셨단 말야."

"그게 무슨 상관이야? 물건 사러 온 사람이겠지."

형은 아무렇지도 않게 말을 했다. 그러나 형도 할머니의 얼굴 표정을 보았더라면 그렇게 말하진 않았을 것이다. 주위를 둘러보았지만 그새 할머니는 온데간데없었다. 지난번 대문 앞에서 순식간에 사라졌던 것처럼 말이다.

"도깨비 같은 할머니야. 자꾸 우리 쪽만 쳐다봐."

내 말에 형은 어깨를 들썩이며 쿡쿡 웃었다.

"도깨비가 해가 뜬 아침에도 걸어 나온대?"

"몰라. 며칠 전에도 저 할머니를 봤어."

"앞이나 잘 보고 걸어!"

비틀거리는 나를 보고 형은 우뚝 선 채로 주의를 주었다. 그러나 학교에서도 내내 그 할머니의 얼굴이 나를 따라다녔다. 아무래도 며칠 전에 엿들었던 엄마와 어버지 이야기 때문인 것 같았다.

"할머니, 오늘 할머니 친구분 다녀가셨어요?"

나는 학교에서 돌아오자마자 문간방 할머니께 여쭈었다.

"친구가 어딨어. 자식도 나 몰라라 하는 판인데."

할머니는 화가 나신 것처럼 말씀하셨다. 나는 오리 아저씨에게로 갔다.

"오늘 기분 나쁜 일이라도 있었냐?"

아저씨는 내 얼굴만 보고도 내 기분을 알아챘다.

"모르는 할머니 때문이에요."

"모르는 할머니?"

"학교 갈 때 구멍가게 앞에서 봤는데 자꾸만 형을 뚫어지게 바라보았어요."

"그게 뭐 어때서? 나도 처음에 종호를 보고서 남자가 저렇게 잘생길 수도 있구나, 라고 생각했었다."

아저씨는 내 볼을 꼬집었다.

"정말이에요?"

"그럼. 이 동네에서 종호만큼 잘생긴 아이 있으면 나와 보라고 해. 게다가 곱슬곱슬한 머리카락하며, 꼭 외국 아이 같지 않니?"

나는 아저씨의 말에 금세 기분이 바뀌었다.

"형 토끼하고 제 토끼, 잘 크고 있어요?"

"그럼 그럼. 가서 들여다보자."

아저씨는 그중 새끼 한 마리를 꺼내 보여 주셨다.

"이게 언제 커서 토끼가 되나요?"

"지금도 토끼다. 몸집이 작아서 그렇지."

아저씨는 껄껄 웃으셨다. 나는 그런 아저씨를 바라보면 기분이 좋았다. 아니, 솔직히 말한다면 아버지보다도 더 좋았다.

어미 토끼가 얼굴을 내밀고서 웃고 있는 아저씨와 나를 멀뚱멀뚱 바라보았다.

"종수야, 그 할머니가 누구냐?"

콩나물을 사러 간 내게 구멍가게 아줌마가 물었다.

"누구요?"

"너희 집에 찾아간 그 멋쟁이 할머니 말이야."

순간, 내 머릿속에 이상한 할머니의 모습이 빠르게 그려졌다.

"저희 집에 아무도 오지 않았는데요."

"그래?"

아줌마는 콩나물을 비닐봉지에 넣으려다 말고 나를 바라보았다.

"할머니는 너희 집을 묻던데?"

"아무도 오지 않았어요."

나는 모르는 일처럼 말했다.

"이상하다! 너희 집을 물었고, 너희 집 식구, 그리고 너희 형제들 나이, 그렇지 종호에 대해 뭔가 궁금한 게 많은 것 같았어. 어제 아침에는 일찍부터 우리 가게 앞에 서 계셨다. 그러다 한참 뒤에 들어와서는, 허둥지둥 과자를 한 보따리 사 가지고 가셨는데……."

내가 아무런 말도 하지 않자 아줌마가 다시 물었다.

"정말 아무도 오지 않았니?"

"네."

나는 콩나물 봉지를 받아들고서 달리듯이 집으로 향했다. 하지만 내 다리로 달린다 해도 보통 사람 걷는 것보다 훨씬 느렸다. 할머니가 금방이라도 나타나 뒤쫓아 올 것 같아서였다. 그러나 두 번이나 뒤를 돌아보아도 할머니의 모습은 보이지 않았다.

"천천히 다녀. 넘어지면 어쩌려고 그래?"

누나는 거푸 숨을 몰아쉬는 나를 보더니 야단을 쳤다. 나는 항상 열어두다시피 하던 대문을 꼭꼭 잠갔다. 그런데도 일은 불안한 예감대로 되어 가고 있었다. 무더운 여름날 몰려오는 먹구름이 어김없이 소낙비를 쏟아붓는 것처럼 말이다. 항상 밤 11시가 되어서야 돌아오던 엄마였는데 누나가 출근도 하기 전에 돌아온 것이다.

"누가 이렇게 대문을 꼭꼭 잠가 놓았니?"

엄마는 짜증 섞인 목소리로 말을 했다. 그러나 누가 그랬느냐는 것을 알려고 한 말이 아니었다. 엄마는 다른 날과 달리 얼굴이 몹시 굳어 있었다.

"종호 올 시간 됐지?"

엄마는 또다시 대답을 기다리지 않는 질문을 했다. 그새 누나가 공장에 다녀오겠다는 인사를 하고 대문을 나섰다.

나는 엄마 옆에 우두커니 앉아서 누나가 내려가고 있는 골목길을 바라보았다. 누나가 사라진 뒤, 여느 때처럼 골목길엔 사람들이 나타났다 없어지고, 나타났다 없어지고를 계속하고 있었다.

"고등어 왔어요! 고등어! 자반 고등어요!"

수십 번은 찾아왔을 생선 장수 아저씨의 모습도 보였다.

그러나 아저씨의 머리엔 늘 모자가 깊숙이 씌어 있어서 얼굴 모습은 자세히 그려지지가 않았다.
"종호가 이 시간쯤이면 집에 와 있어야 하는 것 아니니?"
엄마의 목소리는 집에 들어설 때보다 더 기운이 없었다.
"형이 학교에서 환경 정리 한다고 계속 늦었었는데……."
엄마는 그때서야 멍한 눈으로 나를 바라보았다.
"형이 요즈음 달라 보이는 게 없든?"
"……"
오히려 내가 멍한 눈으로 엄마를 바라보았다.
"아니다. 아니야."
엄마는 또다시 골목길을 내려다보았다. 그러는 엄마의 옆 모습은 아주 낯선 사람처럼 보였다.
'무슨 일이 생긴 걸까?'
그러나 엄마가 꼼짝 않고 우두커니 앉아 있는 바람에 나는 더 이상 물어볼 수 없었다.
"어?"
그때 형이 대문에 들어서려다가 마루에 앉아 있는 엄마를 보고 깜짝 놀랐다.

"엄마 일찍 오셨네요? 학교에 다녀왔습니다."

"이제 오니?"

기운 없는 엄마의 말은, 형을 기다리던 때하고 별로 달라진 게 없었다. 엄마는 형을 따라 작은방으로 들어갔다.

"제가 병원에 왜 가요?"

"왜는……. 건강 검진 받으러 가는 거지."

엄마의 목소리는 여전히 기운이 없었다.

"준비해라. 나도 옷 좀 갈아입어야겠다."

엄마가 큰방으로 들어간 사이에 형이 나를 불렀다.

"엄마가 왜 저러시니? 누가 왔다 갔었니?"

"나도 몰라. 아까부터 그랬어."

"따라 와라."

엄마와 형은 아프지도 않으면서 나란히 병원으로 갔다.

우리 집에서는 여간해서 병원에 가지 않는다. 그렇기 때문에 엄마와 형이 병원에 간 사실만으로도 나는 은근히 걱정이 되었다. 엄마의 기운 없는 말소리와 표정이 나를 더욱 그렇게 만들었다. 우리 식구들은 아프면 동네 약국을 먼저 찾았다. 간단한 약국 약은 우리가 돈이 없다는 것을 어떻게 아는지 신통하게도 잘 들었다.

　형과 엄마가 집에 돌아온 것은 한 시간쯤 지나서였다. 그런데 엄마는 더욱 말이 없었다.

　"병원에서 뭐래? 가서 뭐했어?"

　궁금해진 나는 형의 얼굴을 쳐다보며 거푸 물었다.

　"진찰 받았어."

　"누구?"

　그러자 형이 엄마를 바라보았다.

　"쓸데없는 것 묻지 말고, 가서 숙제 해라."

　엄마 말소리에 떠밀려 나는 형과 함께 작은방으로 들어갔다.

　"너, 혈액형 아니?"

　형이 책상 의자에 털썩 주저앉으며 물었다.

　"응. 난 A형이야. 학교에서 피 검사 했잖아."

　형은 그러나 고개를 끄덕이지 않았다.

　"왜 그래?"

　"아무것도 아니야."

　그러나 나는 아무것도 아닌 게 아니라는 것을 알았다. 아버지가 세차장 일을 마치고 일찍 집에 돌아온 것만 해도 그랬다.

"뭔가 착오가 있었던 게 분명해."
아버지도 이상한 말만 계속 했다.
"엄마 왜 그래요?"
"글쎄 일이 왜 이렇게 꼬이는지 나도 정말 알 수가 없다."
엄마는 점점 더 모를 소리만 했다.
"형이 태어난 병원에서 아이가 바뀌었다는 소릴 하는 사람들이 나타났다."
그러나 아버지의 이 말은, 이미 며칠 전에 엿들어서 아는 내용이었다.
"너도 벌써 열한 살이고 내후년이면 중학교에 들어갈 나이니까 숨길 게 없다고 본다. 오늘 병원엔 피 검사를 하러 간 거다."
"……"
나는 대꾸 없이 우두커니 앉아만 있었다.
"그 병원이 원래 실수가 많다고 소문이 난 곳이니까, 내

일은 종합병원에 가서 검사를 다시 해 봐야겠다."
 아버지는 미끄러지듯 옆으로 길게 드러누우셨다. 동시에 어둠침침하던 방 안이 갑자기 밝아졌다. 밖에서 할머니가 가로등을 켜신 것이었다.

A급 태풍

집안이 온통 초상난 집 같았다. 엄마의 울음소리, 누나의 훌쩍이는 소리, 그리고 말없이 지켜만 보고 계시는 아버지.

학교에서 돌아온 나는 대문에서부터 무거운 집안 분위기를 느꼈다.

"이리 와라."

문간방 할머니가 마루 앞에 우두커니 서 있는 나를 잡아 당기셨다.

"종합병원에서도 결과는 똑같았나 보더라."

할머니가 눈물을 닦으셨다.

"결과요?"

"아, 어제 종점에 있는 병원에서 피 검사를 했었잖니. 그것하고 결과가 똑같았던 모양이야."

그것이 무엇인지 나는 잘 몰랐지만, 나쁜 것치고는 세상에서 가장 나쁜 것이라고 짐작했다.

"이럴수록 마음을 진정해야지."

할머니는 도대체 무슨 말을 하고 계신 걸까.

"병원에서 의사들의 실수지. 실수고말고! 암! 잘못했고말고!"

나는 궁금해서 할머니의 방에 그대로 앉아 있을 수 없었다. 벌떡 일어나 엄마와 아버지가 계신 방으로 건너갔다.

"종수야!"

엄마는 나를 쳐다보자마자 더 큰 소리로 엉엉 우셨다.

"시끄럽소!"

아버지 앞에 재떨이에는 담배꽁초가 수북이 쌓여 있었다. 방 안은 빠지지 않은 연기로 자욱했다. 마치 연기가 살고 있는 집에 우리 집 식구들이 손님으로 들어가 앉아 있는 것 같았다.

"어떻게 낳은 아이인데……. 종호를 내가 어떻게 키웠는데……."

나는 그제서야 느낌으로 알게 되었다. 며칠 전 귀로 흘려들었던 이야기가, 동화책 속에서나 있어야 할 이야기가, 확실히 제 모습을 드러냈다는 것을.

그 순간, 동물 농장의 오리 아저씨가 머리에 떠올랐다. 이럴 때 정확한 판단으로 우리를 도와줄 것 같아서였다.

"웬일이냐?"

헐레벌떡 달려간 나를 아저씨가 살피셨다.

"형이 병원에서 바뀌었대요."

아저씨를 보자마자 눈물이 비 오듯 쏟아졌다. 오리 아저씨는 그런 나를 쌓아 놓은 통나무 위에 앉히고 물었다.

"무슨 얘기냐?"

그러나 나는 눈물을 멈출 수가 없었다. 오리 아저씨는 한참 동안 내 등을 토닥거려 주기만 했다.

"자, 이제 차근차근 이야기 좀 해 봐라."

"형이 오늘 피 검사를 하고 왔는데, 아기였을 때 병원에서 바뀌었대요. 지금 집에서 엄마와 아버지 누나가 모두 울고 있어요."

오리 아저씨는 내 손을 꼭 잡아 주었다.

"우선 목사님한테 상의를 해 보자."

그러나 심심하면 한번씩 가던 교회라서 나는 목사님 만나는 것이 무척 서먹서먹했다. 그러나 아저씨는 목사님을 아주 잘 알고 있는 것 같았다. 목사님은 곧장 우리 뒤를 따라 집으로 오셨다.

"도와드릴 수 있으면 최대한 돕겠습니다."

목사님은 참 인자한 분이셨다. 처음 본 엄마, 아버지를 돕겠다는 것이 그랬다.

"이야기를 처음부터 차근차근 해 보세요."

아버지가 연신 피워 대는 담배 연기까지도 목사님은 꾹 참고 앉아 계셨다.

"참말로 믿고 싶지가 않습니다!"

아버지는 이야기를 시작하면서 담배를 비벼 껐다.

동네 병원에 가서 혈액 검사를 했을 때만 해도 아버지는

'살다 보니 별 희한한 일도 다 해 보는구나.' 라고 생각하셨단다.

그리고 그것은 어디까지나 바뀐 자식을 찾겠다는 저쪽 집 부모의 입장을 도와주는 것이었다고 했다. 게다가 그 집에서 일주일 벌이에 해당하는 돈을 수고비로 내놓았던 것도, 병원에 가게 된 동기가 되었다고. 아버지 이야기는 다음과 같이 이어졌다.

검사 결과 엄마는 B형이었고 아버지는 AB형이었다. 그런데 종호 형의 혈액형은 O형이었다. 의사 선생님은 고개를 갸우뚱했다.

"이런 부모에게서는 O형이 나올 수가 없는데요."

그러나 아버지는 그 병원의 원장 선생님을 실력이 없는 분이라고 믿고 계셨다. 오래전 의료사고로 사람이 죽었다는 소문이 있고부터였다. 산동네 사람들이 하나밖에 없는 그 병원에 가지 않고 약국을 찾는 이유도 거기에 있었다.

원장 선생님은 그게 아니라고 전단을 만들어서 온 동네에 뿌리기까지 했지만, 아직도 사람들은 병원 앞에서 살려 내라고 울부짖던 젊은 여자의 모습을 기억하고 있었다. 아버지는 그 병원의 원장 선생님께, 광역시에서도 알아주는 종합병원에서 형을 낳았다는 것을 몇 번이나 강조하셨다.

"선생님, 그렇게 큰 병원에서 실수할 리가 있나요?"

그러자 동네 병원의 원장 선생님은 한 번 더 검사를 해 보자고 했다. 결과는 마찬가지였다.

"내가 내일 종합병원으로 가서 검사를 다시 해 볼랍니다."

아버지는 자진해서 종합병원으로 가겠다고 하셨다. 다음 날 엄마와 아버지, 종호 형은 형을 낳았던 종합병원을 찾아갔다. 그런데 그곳에는 이쪽의 결과를 기다리는 사람들이 미리 와 있었다. 얼마 전 세차장으로 아버지를 찾아갔던 아줌마와 할머니 일행이었다.

헌데 검사를 시작하기도 전에 아버지가 놀란 것은, 그 사람들 틈에 함께 서 있는 규태라는 이름의 어린 남자아이를 보았기 때문이다. 여덟 살인 규태라는 아이는 종호 형과 판박이처럼 닮아 있었다. 그 아이를 보는 순간, 엄마까지도 세상이 다 노오랗게 보일 정도로 놀란 표정을 지었다.

더군다나 그쪽 집 할머니가 종호 형에게 다가오더니, "세상에 이런 일이! 세상에 이런 일이!" 하면서 눈물을 쏟아 내시는 바람에 병원에 왔던 사람들이 무슨 일인가 싶어 몰려들기까지 했다.

"애가 내 새끼다! 애가 바로 내 손자란 말이다!"

할머니는 그러면서 바닥에 주저앉아 종호 형의 다리를 두 팔로 안았다. 그 바람에 경비원이 달려오고 직원들도 달려오고……. 한마디로 병원 대기실은 순식간에 아수라장이 되고 말았다.

혈액 검사와 함께 유전자 검사를 병원에 맡기고 두 집안 식구는 병원 뜰에 모여 앉았다. 그러나 누구 하나 먼저 이야기를 꺼내려고 하지 않았다. 꿈 같은 사실 때문이었다.

"규진이는 몸이 무척 약한 편이에요. 그래서 이 일이 확실히 밝혀지기 전까지는 비밀로 하려고 합니다."

규진이 형네 아줌마가 한참 뒤에야 그렇게 말을 했다. 할머니는 그때까지도 종호 형을 보면서 눈물을 닦느라고 더 이상 말씀을 하지 못했다.

"아직 정확한 결과가 나온 게 아니니까 조금 더 기다려 봅시다."

드디어 규진이 형네 아저씨가 나서서 두 집안 식구들을 다독거렸다. 그러나 아버지는 규태라는 아이를 보면서 이미 절망적인 생각이 굳어졌다고 했다. 종호 형이 뒤바뀐 아이라는 것을 말이다. 그리고 규태네 아버지의 모습에서도 종호 형의 모습을 너무도 많이 보았다는 것이다.

두 집 식구들은 울면서 헤어졌고 앞으로 어떻게 하자는 약속도 따로 없었다. 다만 "결과를 기다려 보자"는 이야기만 했을 뿐이다.

"그쪽 집에서는 어쩌다 이제 와서 아이가 바뀐 것을 알게 되었나요?"

목사님께서 아주 차분한 목소리로 다시 물으셨다.

일 년 전, 규진이 형이 몹시 아팠다고 한다. 그렇지만 그 전에도 몸이 약해서 동네 병원을 자주 찾는 편이었다. 하지만 그때처럼 심하게 아픈 적이 없었다. 종점에 있는 병원에서 종합병원의 입원실로 옮긴 규진이 형은 혈액 검사부터 시작했다. 그런데 B형이 나온 것이다.

"그럴 리가 없는데요!"

보호자가 항의를 하자 혈액 검사가 다시 시작되었다. 이번에는 부모의 것과 함께였다. 검사 결과 규진이 형네 아줌마는 A형이었고, 아저씨는 O형인데, 또다시 규진이 형의 혈액형은 B형이 나온 것이다.

그러자 규진이 형이 아픈 이유는 두 번째고, 도대체 누구의 핏줄이냐는 소동으로 온 집안이 발칵 뒤집히고 말았다. 정신을 차린 규진이 형네 아줌마는 사실을 밝히기 위해 아이가 태어난 병원부터 찾았다.

그러나 너무 오랜 세월이 흐른 탓인지, 병원 서류는 멀리 떨어진 지방 도시의 창고 속에 보관되어 있었다. 아줌마는 그곳까지 찾아가 출생 당시의 서류를 찾았고, 그날 태어난 아이들을 이사 간 곳까지 차례로 찾아다녔다.

그날 태어난 아이는 모두 네 명이었는데 여자 아이 한 명에 남자 아이가 세 명이었다. 이미 두 명의 남자 아이들이 사는 곳을 찾아가 사정을 말하고, 병원에 가서 혈액을 검사하고, 그러기를 벌써 일 년이라는 시간이 흐른 것이었다.

마지막 남은 아이를 찾아야 할 때는 병까지 얻어 의사가 아줌마에게 쉬라고 했지만 단념할 수가 없었다. 그 일에는 나이 많으신 할머니까지 발 벗고 나섰기 때문이다.

"목사님, 이럴 수가 있습니까? 세상에 이런 일도 있냐 말이에요."

이야기 도중에 아버지는 소리 내어 엉엉 울기도 했다. 나도 소매 끝으로 저절로 흐르는 눈물을 닦았다.

"남의 자식이라고 밝혀지면 안 바꿀 수도 없고……. 하지만 어떻게 키운 아이인데……."

엄마도 어찌나 서럽게 우시는지, 나는 그러다 쓰러져 버릴까 봐 그게 더 걱정이 되었다.

"잘 기억해 보세요. 종호를 낳으러 갔을 때 어떠셨습니까?"

그런데도 목사님은 묻는 것을 그만두지 않으셨다.

엄마와 아버지는 고아였다. 서로 불쌍한 마음 때문에 결혼도 하게 되었고, 가장 방세가 싼 이곳에다 방 한 칸을 얻어 살림을 시작했다.

형을 낳을 그때만 해도 이곳에는 조산원이 있었다. 아이 낳는 것을 전문으로 돕는 곳이었다. 그런데 진통이 시작된지 하루가 지나도록 아이가 나오지 않았다.

"아이가 나오지 않는 것은 거꾸로 앉았기 때문이에요. 큰 병원으로 가야겠어요. 당장 수술을 해야만 돼요."

그러나 돈이 없는 엄마와 아버지는 어떻게 해서든 그곳에서 아이를 낳으려고 했다.

"누구 망하는 꼴을 보려고 그래?"

조산원의 할머니는 무섭게 야단을 치며 엄마와 아버지를 그곳에서 쫓아냈다. 그러나 다행히도 종합병원에 도착하자마자 엄마는 정상적으로 아기를 낳았다.

"아들입니다."

이게 엄마 기억의 전부였다. 너무 고생을 한 탓인지 이틀 만에 신생아실에 가서 본 아기가 바로 지금의 종호 형이었다는 것이다.

"그렇다면 그사이에 아이가 바뀐 것이군요."

목사님께서는 아는 사람을 통해 다시 한 번 확실히 이 일을 알아보겠다고 약속하셨다. 그 약속만으로도 무엇인가 해결 방법이 성큼 다가온 듯한 느낌이었다. 그러나 나는 해결이라는 것이 어떤 것인가를 생각해 보지 못 했다.

"아직 결과가 나오지도 않았고 또 나온다 해도 서로 아들을 주고받는 것이니까 마음을 굳게 가지십시오. 내 혈육 내 자식인데 그냥 넘어갈 문제가 아니잖습니까! 그건 양쪽 집안이 다 마찬가지일 거라는 생각입니다. 기른 정 때문에 섭섭해하지 마시고 또 서로 왕래하면서 만나도록 하세요. 저도 힘닿는 데까지 돕겠습니다."

그런 다음 목사님과 오리 아저씨가 돌아간 뒤에도 우리 집엔 밤늦게까지 불이 켜 있지 않았다.

"뭣들 하고 있는 거요."

할머니께서 가로등을 켜고서 큰방 안으로 들어오셨다.

"내가 참견할 일은 아니지만, 자식이 죽은 것도 아니고 그동안 버젓이 부잣집에서 잘 자랐고, 게다가 살아 있는데 무슨 걱정이오. 집 안에 불이나 켜고 어서 애 엄마는 저녁 준비를 해야지."

그러나 엄마는 꼼짝하지 않았다.

"계십니까?"

어쩐 일로 구멍가게 아줌마가 우리 집엘 찾아왔다.

"종수 엄마가 병원 가면서 주문해 놓은 달걀이 이제야 들어왔지 뭐유."

그러나 뭔가를 알아내기 위해 찾아온 것 같아, 나는 가져온 달걀마저 밉게 보였다.

작은방으로 건너가자 종호 형은 이불을 뒤집어쓰고 누워 있었다.

"형!"

그러나 아무런 대답이 없다.

"형!"

나는 이불을 들췄다. 형은 얼마나 울었는지 눈이 퉁퉁 부어 있었다. 그런 모습은 지금껏 한번도 본 일이 없었다. 종호 형은 눈물을 아꼈다.

내가 곧잘 눈물을 흘리면, "그러면 안 돼! 눈물은 참는 만큼 용기가 길러지는 거야!"라고 말했었다. 그래서 나도 아이들이 놀려도 눈물을 흘리지 않으려고 무척 애를 썼다.

"형, 가지 마."

나는 엎드려서 종호 형을 끌어안았다.

"너희들, 큰방으로 건너와!"

누나가 그새 저녁 밥상을 차려 내왔다. 그러나 누구도 밥상 앞에 앉거나 손을 대려 하지 않았다.

다음 날, 학교에서 돌아오던 나는 골목길에서 이상한 할머니를 또 만났다. 나는 그 할머니가 규진이 형네 할머니라는 것을 금방 알 수 있었다. 그래서 일부러 대문을 꼭꼭 걸어 잠갔다. 마음속으로는 오늘 종호 형이 더 늦게 돌아오기를 간절히 바랐다.

구멍가게에서는 날마다 종호 형 이야기로 떠들썩했다. 마치 학교의 교실 하나를 뚝 떼어다 그곳에 옮겨 놓은 것 같았다. 이러쿵저러쿵 우리 집에서 앞으로 벌어질 일에 대해 말도 많고 참견도 많았다.

"병원을 고발해야지. 사람 팔자를 하루아침에 바꿔 놓은 판에 가만있으면 안 되지!"

"그럼요. 부잣집 큰아들로 곱게 자랄 아이가, 이 산동네에서 고생고생하며 공부하고 있었으니 원!"

동네 사람들은 종호 형을 동정했다. 그러다가도, "종호는 이제 괜찮을 거 아녜요! 하지만 부잣집에서 살던 아이는 안 됐네요!"라며 의견이 나뉘지고 있었다.

"안되긴 뭐가 안됐다는 거야. 그만큼 호강하고 살았으면 된 거지. 안 그래요?"

고개를 끄덕이는 사람, 판단이 서지 않아 눈만 멀뚱멀뚱 쳐다보는 사람, 동네 사람들은 우리 집이 앞으로 어찌 될 것인가를 궁금해했다.

"앞으로는 구멍가게에 가지 마!"

종희 누나는 구멍가게에만 갔다 오면 이것저것을 묻는 내게 벌컥 화를 냈다.

"남 말하기 좋아하는 사람들이 무슨 소린들 못하겠니?"

누나는 동네 사람들 모두에게 화를 냈다.

일주일 뒤, 병원에서 검사 결과가 나왔다. 그러나 그날 집안 분위기는 오히려 처음 종합병원에 갔을 때보다도 훨씬 차분했다. 병원에서 나와 부근의 음식점에 모인 양쪽 집안 식구들은 한동안 말을 잃은 사람들처럼 앉아 있었다.

나는 이때, 종호 형과 너무나 비슷하게 생긴 규태라는 아이를 보고 무척 놀랐다. 지난번에 아버지가 결과를 포기할 만큼 닮았다고 했던 말이 이해가 되고도 남았다. 곱슬곱슬한 머리와 종호 형을 꼭 닮은 얼굴은, 누가 보아도 한눈에 알아볼 수 있는 친형제였다. 그러나 누나와 내 머리는 곱슬머리가 아니었다.

"야! 네 머리는 누굴 닮아서 그렇게 멋있니?"

형이 회장이 된 뒤 동네 사람들이 더욱 관심 있게 보면서 하던 말이었다.

"엄마, 아빠 중에서 누가 곱슬머리냐?"

그럴 때 나는 거침없이 "엄마요!"라고 대답했었다. 엄마 머리는 파마를 해서 늘 곱슬거렸기 때문이다

"형만 왜 엄마 머리를 닮았지? 나도 그랬으면 좋았을 텐데."

장난 삼아 했던 말들이 새삼 떠올랐을 정도였다.

"벌써들 와 계시는군요."

목사님께서 조금 늦게 자리를 같이했다. 그러나 종호 형과 규진이 형은 나오지 않았다.

"어디서…… 어느 집에서 어떻게 자라고 있는지, 그 생각만으로도 저는 죽을 것 같았어요."

규진이 형 아줌마가 손수건으로 눈물을 닦아 내며 먼저 입을 열었다.

"저희 어머니께서는 드러누우셔서 일어서지를 못하십니다. 종호가 사는 곳을 저희들 몰래 여러 번 찾아가서 보셨나 봐요. 그리고 나서 우시지 않는 날이 없었습니다. 진지도 제대로 드시지 않고…… 아이가 너무 고생하고 사는 것 같다며…….”

아줌마는 끝내 말을 다 잇지 못했다. 목사님께서는 두 집안의 이야기에 귀를 기울이셨다.

“도의적인 책임은 병원에 지울 겁니다. 그러니, 서로 잘 상의하셔서 아이들의 상처가 더 이상 커지지 않도록 해야겠습니다.”

아버지와 규진이 형네 아저씨는 아무런 말씀도 하지 않으셨다.

“도무지 믿어지지가 않아요!”

엄마는 그 소리만 스무 번 이상을 하고 계셨다.

“지금 당장 어쩌자는 것은 아닙니다. 아이들의 의견도 들어야 하고 또 두 집안 형편도 생각해야 하고……. 그러니 시간을 두고 방법을 연구해 봅시다.”

규진이 형네 아저씨가 드디어 입을 여셨다. 그 아저씨를 바라보고 있으려니 얼굴 어딘가에 확실한 종호 형의 얼굴이 담겨 있었다. 닮는다는 것이 바로 그런 것인가 보다. 그런데도 나는 여전히 나와 종호 형을 따로 떼어 놓고 생각해 본 적이 없었다. 혈액 검사 결과로 온 집안이 눈물바다가 되었을 때도 나는 지나가는 큰 슬픔일 거라고만 생각했다.

그 자리에서도 그랬다. 종호 형을 닮은 사람들을 바라보는 것은 내겐 어디까지나 혼란스러운 구경이었다. 형의 이야기는 그냥 어른들의 큰 걱정거리 정도로 생각되었다. 그래서인지 친형인 규진이 형에 대해서는 관심도 없었고, 조금도 보고 싶다는 생각이 들지 않았다. 우리 형, 아니 내 형은 우리 집에 있는 종호 형뿐이었다.

"병원에서 그러더군요. 여간해서는 이런 일이 일어나지를 않는다구요. 그러나 요즈음도 허점은 있는 걸로 보였어요. 아이가 태어나면 먼저 양쪽 발바닥에 발도장을 찍고, 다시 부모 이름과 생년월일을 쓴 인식표를 손목, 발목, 그리고 엄마의 발목에도 채운답니다. 그러나 같은 시간에 태어나는 아이가 있을 경우에는 써 놓은 인식표가 바뀔 수도 있었습니다. 게다가 신생아실에서 목욕을 시킬 때에도 인식표가 빠질 수도 있구요. 어떤 이유에서 아이가 바뀌었는지 그건 그 당시 신생아실 담당 간호사를 추적해서 캐묻고 조사를 해 보았지만 전혀 기억을 하지 못했습니다."

목사님은 병원에서 많은 것을 알아가지고 오셨다.

"어머니께서 많이 편찮으셔서 집에 가 보아야 합니다."

규진이 형네 아줌마가 자리에서 먼저 일어섰다.

"규진이에게도 어제 조심스럽게 이야기했어요. 그러니 규진이를 보고 싶으시면 언제든, 아니 지금 저희 집에 같이 가셔도 돼요."

그러나 이날은 엄마만 규진이 형을 만나러 갔다. 그런데도 여전히 나는 실감이 나지 않았다. 엄마가 아줌마 집에 볼일을 보러 간 정도로 생각되었으니 말이다.

얼마쯤 뒤 골목길을 걸어 올라오는 엄마의 걸음은 멀리서 보기에도 기운이 없었다.

"엄마!"

대문까지 나가서 엄마가 들어오시도록 문을 열어 두었다.

"그래."

엄마는 아버지가 계신 방으로 들어갔다.

"믿어지지가 않아요. 당신을 꼭 닮았습디다. 어떻게 그런 일이 있을 수 있는지 지금도 나는 꿈만 같아요. 한눈에 내 자식이라는 것을 알겠더라구요. 그런데도 꾸벅 인사만 하는 그 애한테 도저히 정이 가질 않는 거예요. 그 애도 꼭 남 대하듯 그랬고요."

마루에서 나는 엄마의 이야기를 다 엿들어 버렸다. 바람도 지나가다 숨을 죽이고 듣는 것 같았다. 하늘도, 그리고 구름도 모두가 멈춰 선 채로 우리 집 방 안에 조용히 귀를 기울이고 있었다.

엄마는 그길로 몸져눕고 말았다.

바꿔 앉은 의자

한동안 식구들은 종호 형의 이야기를 꺼내지 않았다.

"전, 이대로 이곳에서 엄마, 아빠와 함께 살겠어요."라고 형이 말했기 때문이다.

엄마는 누웠던 자리에서 일어나 다시 음식점에 나갔고, 종호 형은 신문 배달을 계속했다. 그리고 아침에 나를 학교에까지 데려다 주는 것도 빼놓지 않았다. 달라진 것은 형이 전보다 말이 없어졌다는 것이었다.

"세상에! 종호 같은 아이가 또 있을까! 제 몸 하나 편하려면 얼마든지 자기 집으로 가고도 남을 텐데 여기서 그냥 살겠다고 했대요. 그렇지? 종수야!"

구멍가게 아줌마는 종호 형의 일을 하루도 빠짐없이 확인했다. 정말 왜 '떠버리'라는 별명이 붙었는지 알 수 있을 정도였다. 그러나 다른 아줌마들도 마찬가지였다. 형의 그 뒷소식이 궁금하면 언제든 구멍가게에 들러 물건을 샀다. 사 가는 두부 한 모에 실린 이야기의 무게는 열 배도 넘었다.

나는 이제 그만 사람들이 종호 형의 일을 잊어버렸으면 좋겠다는 생각을 했다. 형이 그냥 우리 집에 살겠다는 게 뭐 그리 대단한 이야깃거리인가. 그러나 문제는 다른 곳에서 다시 일어났다. 규진이 형네 할머니가 하루도 빠짐없이 골목길에 나타나는 것이었다.

"저 할머니, 이제 다 나으셨나 봐."

내 말에 종호 형이 눈을 크게 떴다.

"저 할머니를 아니?"

"골목길에서도 보고 병원에서도 봤잖아."

종호 형은 내가 그 할머니를 모르는 줄 알았나 보다. 그때부터 형은 그 할머니만 보이면 멀리서부터 숨거나 달아나기 시작했다. 하지만 종호 형이 보이지 않으면 골목길을 지키고 있다시피 하는 할머니를 번번이 피할 수는 없었다.

할머니는 형만 나타나면 손수건으로 눈물을 닦으셨다. 그러다 보니 오고 가는 동네 사람들이 그 할머니의 정체를 다 알고 말았다.

"얘야, 종호야!"

처음에는 먼 곳에서만 바라보시던 할머니가 점점 형에게 가까이 다가왔다.

"손 한번만 잡아 보자!"

종호 형은 그런 할머니를 뿌리치지 못했다.

"세상에! 내 새끼가 이럴 수가……."

할머니는 종호 형의 손을 놓아주지 않으셨다. 순간 나는 그대로 형을 데려갈까 봐 겁이 났다.

"형!"

그제야 형은 할머니에게서 돌아섰다. 그러던 어느 날이었다.

"너희 집 화장실 좀 써도 되겠니?"

할머니께서 나를 바라보셨다. 지나가던 사람도 급하면

그러라고 할 판인데, 들어오지 말라고 할 수가 없었다. 나는 마지못해 고개를 끄덕였다. 그런데 할머니는 화장실보다도 우리 집 이곳저곳을 살피며 서 계시다가 그냥 대문 밖으로 나가셨다.

"모르는 사람에게 자꾸 문 열어 주지 마!"

집에 돌아온 누나는 내 이야기를 듣더니만 또다시 화를 냈다.

"그 할머니는 어째서 내가 없을 때만 골라서 찾아오고 그러니?"

누나는 보이지 않는 할머니를 아주 싫어했다. 그러나 누나도 할머니를 보면 생각이 달라질지도 모른다. 언제나 눈물을 가득 담고 있는 눈을 보면 말이다. 게다가 얼굴에 담긴 따뜻함과 다정한 말씨는, 내가 오래전부터 알고 지내 온 내 머릿속의 우리 할머니처럼 느껴졌다.

화장실도 들르지 않고 나간 할머니는 그날도 울면서 골목길을 내려가셨다. 내려가다 쉬고 눈물을 닦고, 걷고 또 쉬고 눈물을 닦고……. 그러기를 열 번쯤은 하고 계셨다. 그런 뒤로 할머니는 골목길에 나타나지 않으셨다.

"할머니가 안 오셔."

"넌 별 걱정을 다하고 그런다?"

누나는 속이 시원하다는 목소리였다. 그런데 며칠이 지난 한밤중에 규진이 형네 아줌마와 아저씨가 우리 집에 오셨다. 할머니가 위독하시다는 거였다.

"종호를 찾으십니다. 제발! 도와주세요!"

곧이어 엄마와 아버지 그리고 종호 형이 바람처럼 빠져 나간 집 안은 너무나 썰렁했다.

"들어가서 자. 내가 문 열어 드릴 테니까."

누나는 잠이 오지 않는 모양이었다.

"괜찮아."

그러나 나는 깜빡 잠이 들고 말았다.

"저쪽 집 할머니가 부탁하는 소리 들으셨잖아요."

엄마의 목소리가 어렴풋이 들렸다.

"그땐 어쩔 수 없었단 말이오. 그래도 우리 종호는 가지 않을거요."

아버지는 볼멘소리로 말씀하셨다.

"이 양반 좀 봐! 종호도 울면서 대답을 했어요. 친엄마, 친

아빠하고 살겠다고 대답했다구요."

엄마는 답답한 듯 목소리를 높였다. 나는 눈을 떠 보았다. 언제 돌아왔는지 종호 형이 내 옆에 누워 있었다.

"솔직히 남의 자식이라는 게 증명된 마당에, 이제 와서 내놓지 않겠다고 우기는 것도 우습지 뭐요. 후우!"

아버지는 담배를 물고 계신 것 같았다.

다른 때 같았으면, "담배 좀 그만 피워요!"라고 큰소리칠 엄마인데 지금은 가만히 있었다.

"규진이 그 아이 말예요. 왜 그렇게 정이 안 가는지 모르겠어요."

"정이란 게 그렇게 하루아침에 생기는 거요?"

아버지는 목소리를 낮추셨다.

"아까 병원에서도 나를 피하는 눈치더라구요."

"이제 겨우 두 번 만났잖소!"

아버지는 어느새 규진이 형 편이었다. 나는 규진이 형의 얼굴을 그려 보았다. 그러나 그 위에 종호 형의 얼굴만 겹치고 있었다. 잠이 든 종호 형의 손을 가만히 잡아 보았다.

"안 자고 있었구나."

형이 깨어 있어서 나는 얼마나 놀랐는지 모른다.

"형!"

"응."

"형은 그 집으로 안 갈 거지?"

나는 종호 형과 헤어진다는 생각에 조금씩 불안해지고 있었다. 형은 대답이 없었다.

"형, 그럼 갈 거야?"

"갔다가 금방 돌아올게. 할머니하고의 약속을 지켜야 해."

나는 그 약속을 친구들과 새끼손가락으로 하는 약속 정도로 생각하고 있었다.

"금방 돌아올 거지?"

"응. 어서 자."

형은 저쪽집 할머니하고 했던 약속보다도 나하고의 약속을 반드시 지킬 것으로 믿었다. 그래서인지 순식간에 편안한 잠이 저만치서 나를 잡아끌었다.

며칠 뒤, 일찍 돌아온 엄마가 느닷없이 커다란 가방을 들고 작은방으로 건너왔다.

"뭐하려고 그러세요?"

"종호 옷 싼다."

엄마는 숨기지도 않으셨다. 이미 내가 알 것은 다 알고 있는 것으로 아신 모양이다.

"엄마……."

그러나 엄마는 옷 챙기는 손을 멈추지 않았다.

"형이 꼭 가야 해요?

"……."

"엄마! 종호 형 안 가면 안 돼요?"

"너, 자꾸 옆에서 이럴래? 엄마는 너보다 더 보내고 싶지 않단 말이다."

엄마는 치마 끝으로 얼른 눈물을 닦아 냈다.

"하나님도 무심하시지. 돈 없는 고통에다 자식까지 바뀌어 이렇게 고통을 받게 하다니……."

엄마는 잘 나가지도 않는 교회의 하나님을 원망했다. 그새 목사님을 몇 번 만나더니, 조상님이 하나님으로 바뀐 것이다.

나는 엄마 옆에서 형의 옷을 물끄러미 바라보았다. 낯선 옷이 하나도 없었다. 신문 배달하러 나갈 때 입던 점퍼, 그리고 내의, 셔츠…….

바라보고 앉아 있으려니 괜스레 눈물이 나오려고 해서, 나는 대문 밖으로 나갔다. 갈 곳이라곤 동물 농장의 오리 아저씨네밖에 없었다.

"왜 그렇게 기운이 없니?"

아저씨는 오리들 속에 들어가 있었다.

"형이 부잣집으로 가겠대요."

나는 앞 이야기를 생략하고 일러바치듯이 말했다.

"자기 집으로 돌아가는 거다."

오리 아저씨가 내 생각을 고쳐 주었다.

"섭섭해서 그렇구나."

"……."

오리 아저씨가 대답이 없는 나를 바라보더니 밖으로 나오셨다.

"아저씨!"

나는 엄마 앞에서부터 참았던 눈물을 주르르 쏟아 내고 말았다.

"형이 미워요. 전에는 가지 않겠다고 했거든요."

"울지 마라. 형은 자기 부모에게로 돌아가는 거야."

아저씨는 나를 데리고 움막 안으로 들어갔다. 이것이 두 번째다. 내가 첫 번째 움막 안에 들어간 것은 벌써 일 년 전 아저씨가 새로운 토끼장을 만들고 있을 때였다.

동물 농장 때문에 전보다 좁아지긴 했지만 동네 아이들은 여전히 그곳 한쪽을 놀이터로 이용했다. 그러나 나는 아이들과 잘 어울릴 수 없었다. 다리를 절고 있었기 때문에 어느 놀이든 제대로 따라할 수가 없어서였다. 나는 늘 구경꾼이었다.

"절뚝발이, 저쪽으로 가 있어."

아이들은 종호 형이 옆에만 없으면 내 이름 대신 '절뚝발이'라고 불렀다. 어렸을 때부터 들어 온 소리였지만, 그 말을 들을 때마다 나는 깜짝깜짝 놀라곤 했다. 그러나 기분이 나쁘다는 표정을 지을 수도 없었다. 그러다간 아예 아이들 옆에 오지도 못하게 할 것이기 때문이다.

그런데 그날은 달랐다. 대장인 승환이 형이 어쩐 일로 구경하고 앉아 있는 나를, 승마놀이에 끼워 준 것이다.

"잘해야 돼!"

그 말은 나를 무척 긴장시켰다. 그러나 나는 번번이 다리가 성한 아이들을 따라잡을 수 없었다.

"이 병신! 절뚝발이!"

승환이 형이 느닷없이 내 한쪽 다리를 걸고 넘어뜨렸다. 나는 금방 일어설 수 없었다.

"병신! 너 때문에 우리 편이 지고 있잖아!"

승환이 형의 발길질이 순식간에 내 옆구리로 날아왔다.

"잘, 잘못했어!"

나는 땅바닥에 엎드린 채로 승환이 형의 바짓가랑이를 꽉 붙잡았다. 그사이 아이들이 내 주위를 빙 둘러쌌다.

"이거 놔! 이 병신아!"

기운이 센 승환이 형의 발길질이 두세 번 더 계속되었다.

"야! 이놈들아!"

아저씨가 나를 본 것은 그때였다.

"야! 이놈들아!"

달려오며 소리치는 아저씨의 목소리가 어찌나 컸던지, 울고 있던 나까지도 고개를 번쩍 들 정도였다.

"어느 놈이냐! 엉? 어느 놈이 이랬어!"

아저씨의 커다란 눈은 금방이라도 주먹처럼 확 튀어나올 것 같았다.

아저씨는 그 눈으로 아이들을 하나씩 돌아보았다. 놀란 아이들은 아저씨의 눈을 피해 슬금슬금 뒤로 물러섰다.

"어느 놈이냐니까!"

그러자 승환이 형이 가장 먼저 동네 쪽으로 달아나 버렸다. 아이들도 그 뒤를 따라 정신없이 뛰었다.

"한 번만 더 이 아이를 놀려 봐라! 그땐 너희들! 가만두지 않겠다!"

아이들이 모두 달아난 다음에도 나는 그대로 앉아서 아저씨를 올려다보았다.

"일어서 봐라."

아저씨가 내게로 와서 손을 내밀었다. 소리칠 때와 달리 차분히 가라앉은 목소리였다. 아이들은 이때부터 아저씨를 오리 아저씨라고 불렀다. 오리처럼 꽥꽥 소리쳤다고 해서 붙여진 별명이었다. 그렇게 힘찬 목소리는 나도 처음 들어 보았으니까.

"너도 말이다. 겨우 다리 하나 불편한 것 가지고 기죽어 살지 마라! 그럴수록 다른 쪽 다리로 더 잘 걸으려고 노력해 보란 말야. 그것도 안 되면 죽어라고 공부해서 그 아이들을 이겨 봐! 알겠어? 알아들었니?"

아저씨의 목소리는 부드러웠지만 힘이 있었다.

"학교 오고 갈 때도 걸을 수 있으면 혼자서 걸어 봐. 절뚝 거리면 어떠니? 좀 늦더라도 목적지까지 가기만 하면 될 거 아니니! 당당하게 세상을 살란 말이다. 다리 저는 것을 감추 고 또 숨기려고 하지 말란 말이야."

그렇게 아저씨는 움막 안으로 나를 데리고 들어갔다.

"이 안에 들어온 것이 네가 이 동네 첫 손님이다."

그런데 놀랍게도 안에는 많은 책들이 쌓여 있었다. 조그 마한 앉은뱅이책상 위에는 쓰지 않은 원고지도 놓여 있었다.

'오리 아저씨가 책을 읽다니······.'

나는 아저씨가 참 이상해 보였다. 학교에 계신 선생님 정 도라면 이해가 가겠지만, 아저씨는 오리와 닭을 키우는 사람 이었다.

"왜 뭐가 이상하냐?"

아저씨는 우두커니 서 있는 나를 바라보며 말했다.

"아, 아니에요."

나는 고개를 옆으로 흔들었다.

"이 안에 들어와 본 것은 비밀이다."

이번에는 고개를 앞뒤로 끄덕였다. 나는 그날 집으로 돌아오면서 아저씨와의 약속을 꼭 지키기로 마음먹었다. 그러나 그 약속보다도 그동안 나는 움막 안에 들어가 보았다는 것을 까마득히 잊고 있었다.

움막 안은 지난번처럼 쌓여 있는 책들이 가장 먼저 눈에 들어왔다.

"아저씨가 보는 책이에요?"

오리 아저씨는 고개를 끄덕이셨다.

"와!"

나는 어느새 종호 형의 일을 잊어버렸다.

"아저씨는 왜 책을 읽어요?"

"책이란, 너도 배웠듯이 많은 지식이 담겨 있는 곳이지. 오리와 닭을 키우는 방법도 들어 있고 말이야."

"그런 책도 있어요?"

"그럼! 책은 만물박사란다. 모르는 게 없거든."

아저씨는 몇 권의 책을 내 앞에서 펼쳐 보였다. 그래도 나는 오리와 닭을 키우기 위해서 책까지 읽는 아저씨가 우스웠다.

"토끼한테 아카시아 잎 좀 뜯어다 주고 갈래?"

"네."

아저씨는 내가 움막을 빠져나올 때까지도, 펼쳤던 어떤 책 한 권을 계속 들여다보고 있었다. 나는 비탈진 곳에서 자라는 아카시아 잎을 부지런히 따 모았다. 그것 때문인지 집에 와서는 초저녁부터 잠이 쏟아졌다. 종호 형이 들어오는 것도 못 본 채였다. 그런데 코끝으로 찬바람이 스쳐 지나갔다. 찬바람은 곧 내 옆에 미끄러지듯 앉았다.

"형이야?"

내가 눈을 비비며 물었다.

"그렇단다."

엄마 목소리였다.

"엄마!"

나는 얼른 정신을 차렸다. 낯선 사람이 엄마 옆에 있었기 때문이다.

"누구야?"

낯선 사람은 고개를 숙인 채 앉아 있었다.

"규진이 형이다."

엄마가 말했다.

"네 동생 종수다. 누나는 공장에서 아직 돌아오지 않았어. 12시가 다 되어서야 돌아온다. 그러니 피곤하면 먼저 자라. 그리고 이 방을 종수하고 같이 쓰도록 해."

나는 멍한 눈으로 규진이 형의 옆 얼굴을 바라보았다. 그새 엄마는 안방으로 건너가셨다. 나는 우두커니 앉아서 규진이 형이 들고 온 옷가방과 책가방을 바라보았다. 형이 들고 온 가방들은 문 앞에 놓여 있었다. 나는 누나가 들어올 때 걸려 넘어질 것 같아 그것을 치우려고 했다.

"놔둬! 난 집에 갈 거야."

규진이 형은 몹시 화가 나 있는 것 같았다. 나는 방을 나와 엄마가 계신 큰방으로 갔다.

"엄마, 종호 형은요?"

그새 엄마의 눈은 벌겋게 부어 있었다.

"제 집으로 갔지."

목소리도 코맹맹이 소리였다.

"그럼 오늘 안 와요?"

"오늘만이 아니라……. 이제 안 온다. 형은…….."

나는 엄마가 하는 소리를 다 들으려고 하지 않았다.

"형! 형! 형!"

나는 엄마의 치마폭을 끌어당기면서 와락 울음을 터뜨리고 말았다.

"종호 형 데리고 와! 형 데리고 와! 엄마! 형…….."

눈물은 참아야 하는 것이라던 종호 형의 말을, 나는 그 순간 다 잊어버렸다. 건넌방 할머니가 문 밖에서 뭐라고 소리치시는 것 같았다. 그러나 나는 보이지 않는 종호 형을 붙들고 계속 씨름하고 있었다.

"형! 형! 가지 마! 가지 마!"

"종수야! 그만 그치지 못해!"

아버지 목소리가 들려왔다.

"세상에! 어쩌자고 이런 일이!"

뒤따라 들어온 문간방 할머니가 엄마에게서 나를 떼어 놓았다.

"네가 이럴 줄 알고 종호를 몰래 보낸 거야."

엄마는 엉엉 소리까지 내며 우셨다. 그러나 그러는 엄마도 아버지도, 옆에 있는 할머니도 다 미웠다.

"미워! 다 밉단 말야!"

할머니는 그런 나를 끌고서 할머니 방으로 들어갔다.

"이제 어쩌겠니. 네 친형과 잘 지내야지. 네 엄마와 아빠는 너보다 더 종호를 보내고 싶지 않았어. 네가 그 아픈 마음을 조금이라도 아는 아이라면 이러면 안 된다. 안 되고 말고!"

할머니는 우리 집 문간방으로 이사를 온 뒤, 가장 많은 말을 내게 하고 계셨다. 그러나 나는 듣고 있지 않았다. 아니, 아무런 소리도 들리지 않았다. 나는 방바닥에 엎드려 계속 울기만 했다. 그러면서 점점 나는 꿈나라로 가고 있었다.

다음 날 아침, 할머니 방을 나와 작은방으로 들어가 보니 아무도 없었다.

"어제 네가 그 난리를 피우는 바람에 규진이가 가 버렸어."

뒤따라 들어온 누나가 내 책가방을 챙겨 주었다. 그러고 보니 누나가 공장에 나가지 않고 있었다.

"종수야."

다른 날과 달리 아버지도 일찍 일어나 계셨다.

"종호가 보고 싶은 것은 이 아빠도 마찬가지다. 지금까지 한데 뭉쳐 살아온 날들이 얼만데 하루 만에 잊겠니. 하지만 네 친형인 규진이도 생각해야지. 어젯밤과 같은 난리를 또 피우면 절대 안 된다. 알겠니?"

나는 대답 대신 고개를 끄덕였다. 종호 형의 이름만 들어도 금세 눈에 눈물이 고였다.

그날 저녁, 규진이 형은 다시 돌아왔다. 그러나 벙어리처럼 말이 없었다.

누나는 다음 날부터 다니던 공장을 그만두고, 규진이 형이 우리 집에 익숙해질 때까지 집에 있기로 했다. 나는 그때부터 아무런 의미 없이 바라보던 부자 마을을 하늘의 별처럼 바라보기 시작했다. 종호 형이 그곳 어딘가에 살고 있기 때문이었다.

제자리 찾아가기

 한 달이 지났다. 그동안에도 규진이 형은 달라진 게 없었다. 아침에 학교 가는 것도 따로따로였다.
 "따라오지 마!"
 첫날부터 규진이 형이 그렇게 말했기 때문에 나는, 규진이 형보다 일찍 준비가 끝났어도 앞장서서 대문을 나서지 않았다. 학교에서 돌아온 뒤에도 나는 형과 마주치지 않으려고 오리 아저씨에게로 갔다. 오리 아저씨는 구멍가게에 달걀을 대 주면서 아줌마에게 동네 소식을 다 듣고 있었다.

"형 이름이 규진이라고 했지?"

닭장 손질을 하고 있던 아저씨는 나를 쳐다보지도 않고 물으셨다.

"너는 지금 사는 환경이 불편한 걸 잘 모르지만 그 애는 아닐 거야. 말은 안 해도 충격이 심할 거란 말이다."

아저씨는 달걀 몇 개를 손에 들고 밖으로 나왔다.

"네가 말을 자주 걸어 주어라."

아저씨의 이야기는 계속되었다.

"하루아침에 환경이 바뀐다는 것은 어른도 감당하기 힘든 일이야. 남들이 어쩌니 저쩌니 해도 피를 나눈 네 친형이 잖니."

오리 아저씨의 말을 듣고 있으면 규진이 형에게 잘 대해 주어야겠다는 생각이 저절로 들었다. 하지만 집으로 돌아와 규진이 형의 얼굴을 보면 생각이 또 달라졌다. 누나도 처음과는 달리 규진이 형의 게으름에 차츰 짜증을 냈다.

"일찍 일어나기를 하나, 해 준 밥을 제대로 먹기를 하나, 쟤가 지금 누구네 집 아들인데 부잣집에 있을 때하고 똑같이 행세하냐!"

규진이 형이 학교에서 돌아오지 않았을 때, 누나는 뜰을 쓸면서 계속 투덜댔다.

"내가 뭐 제 몸종이나 되는 줄 아는 모양이지?"

획획 먼지가 날아가는 곳에 누나가 아끼는 화분이 있었다. 누나는 그것도 눈에 보이지 않는 것 같았다.

"그래도 꼬박꼬박 집에 들어오는 것만도 신통하다."

문간방 할머니가 규진이 형을 동정했다.

"안 들어오면 지가 갈 데나 있나요 뭐."

누나는 쓸었던 자리를 돌아서서 또다시 쓸고 있었다.

"그놈의 간호사만 아니었어도……."

"간호사가 왜?"

"신생아실 간호사가 실수로 아기를 바꾼 것 같다잖아!"

종호 형과 나를 위해 등록금을 벌겠다면서, 덜 깬 잠을 털어 내며 공장으로 나가던 누나가 그새 많이 달라졌다. 아버지도 점점 밤늦게 들어와 얼굴 마주칠 시간이 없을 정도였다. 엄마의 얼굴에서도 웃음기가 전혀 보이지 않았다.

나는 많은 시간을 그림 그리는 것으로 보내고 있었다. 그림은 내게서 누나도, 엄마도, 아빠도, 규진이 형도, 다 잊게

해 주었다. 게다가 종호 형에 대한 궁금한 마음까지도 한쪽 구석으로 밀어내 주었다.

"세월이 가면 모든 게 해결이 된다. 규진이도 잘 참는 것 같으니 좀 더 기다려 봐라."

오리 아저씨는 거의 매일 찾아가는 나를 다독여 주었다.

"그림을 아주 잘 그리는구나."

미술 도구까지 들고 올라가기 시작한 것도 그 즈음이었다. 아저씨는 산 아래를 내려다보고 그리는 내 그림을 한참씩 옆에서 바라보고 계셨다.

"이것은 뭐냐? 아무리 봐도 그런 것은 없잖니?"

"종호 형네 집으로 날려 보내는 은빛 화살이에요. 형이 아파서 누워 있는 것 같거든요."

종호 형은 한 달이 넘도록 한 번도 나를 보러 오지 않았다. 그런데 내 생각과 달리 아픈 것은 종호 형이 아니고 규진이 형이었다. 학교에서 쓰러졌다는 연락이 부자 마을로 먼저 간 것이다.

"밥을 거의 입에 대지 않았으니까."

누나는 당연하다는 듯이 말했다. 규진이 형은 심장도 약했다. 어쩐지 희고 창백한 얼굴이 보통 형들의 얼굴하고 달랐다.

엄마는 입원한 형의 간호를 위해 음식점 일을 그만두어야 했다.

"병원엔 안 가 보니?"

엄마가 옷을 갈아입으러 들어왔다가 내게 물었다.

"가면 뭐해요. 반가워하지도 않는데."

누나가 내 대답을 대신했다.

"종희 너는 왜 그렇게 규진이를 못마땅하게 생각하니? 네 동생이야. 네 동생!"

엄마가 누나를 야단치셨다.

"나도 규진이 형이 싫어요!"

엄마는 그런 우리들에게 더 큰 소리로 화를 냈다.

"너희들이 그러는 만큼 이 엄마도 지친다! 지쳐!"

엄마는 손가방 하나를 들고 대문을 홱 나가셨다. 순간, 나는 부리나케 그 뒤를 따라갔다.

"어디 가니?"

누나가 뒤에서 소리쳤다.

"엄마 따라서 병원에."

나는 엄마 마음을 더 아프게 하고 싶지 않았다. 그렇게 해서 가 본 병원에는 뜻밖에도 종호 형이 와 있었다.

"형!"

형의 얼굴을 보자마자 또다시 눈물이 핑 돌았다.

"종수야!"

내 손을 꼭 잡은 종호 형은, 우리 집에 있을 때보다도 키가 더 커진 것처럼 보였다.

"형은 왜 한 번도 안 왔어?"

나는 그게 궁금했다.

"학원도 가야하고, 주말에는 친척집에 인사 다니고, 그리고 누워 계신 할머니가 나를 자꾸만 찾으시거든."

"으응."

나는 그 상황을 잘 이해할 수는 없었지만, 뭔가 내게 올 수 없을 정도로 바빴다는 것으로 받아들였다. 그만큼 종호 형을 나는 믿고 따랐다.

"세차장으로 아버지를 만나러 간 적이 있어."

그러나 아버지는 한 번도 그런 말을 하신 적이 없었다.

"누나는?"

"규진이 형 때문에 공장 그만두고 집에 있어."

"음……. 너 조금 있다가 정문에서 나 좀 보자."

형이 부리나케 사라졌다.

병원 문 앞에서 종호 형을 기다리는 동안 나는, 오고 가는 앰뷸런스를 네 번이나 보았다. 번쩍이는 불빛과 다급한 그 소리를 몇 번만 더 듣고 있으면, 아마 천하장사라도 쓰러져 버릴 것 같았다.

"이거, 누나한테 갖다 줘."

내가 이때 종호 형에게서 받아 누나에게 건네 준 것은, 고입 검정고시 문제집들이었다. 안에는 편지도 들어 있었다.

〈누나, 검정고시 준비해. 집에서 그냥 놀고 있으면 안 된단 말야. 누나가 공부를 시작했다는 소릴 들어야 내가 이 집에서 편히 있을 것 같아…….〉

그러나 누나는 내가 보는 앞에서 손으로 그 편지를 획 구겨 버렸다.

"부잣집으로 가더니, 명령하는 것부터 배웠나 봐!"

누나의 마음은 어디까지 비뚤어지는 것일까. 아버지 역

시 술을 마시고 늦게 들어오시는 날이 늘어만 갔다.

"남의 자식 잘 키워 주고 난, 병든 자식 돌려받은 거요."

지금껏 그렇게까지 어깨를 늘어뜨린 아버지의 모습을 본 적이 없었다.

"돈 많은 집안에서 왜 여태 그 병 하나 못 고치고 있었느냔 말이다!"

가끔씩 원망 섞인 말씀도 하셨다.

"이번 겨울에 수술하려고 그랬다잖아요."

엄마는 아버지까지 달래야 했다.

"부자 마을에 사는 땅 주인 말이오. 나더러 이번 주말까지 세차장을 비우라는 거야. 그 자리에다 빌딩을 지어야겠다나!"

'그러면 그렇지!'

아버지는 그 일 때문에 더 속이 상하신 것이었다.

"네 아버지 모시고 교회에 좀 나와 봐라."

구멍가게 아줌마가 술이 취해 드나드는 아버지를 보다 못해 내게 말했다. 그러나 하루아침에 교회에 나갈 아버지가 아니라는 것을 내가 더 잘 안다.

종호 형이 교회에 나가자고 했을 때에도, "나중에 잘살게 되면 그때 가서 생각해 보마."라고 하셨던 것이다.
　"형은 언제 퇴원하니?"
　구멍가게 아줌마는 규진이 형의 일을 궁금해했다.
　"모르겠어요."
　"종호는 잘 있지?"
　"모르겠어요."
　나는 더 이상 종호 형이 아줌마 입에 오르내리는 것이 싫었다.
　"종호 그 녀석 그렇게 안 봤는데, 어쩜 한 번도 안 와보니?"
　아줌마는 엄마보다 더 섭섭해하는 것 같았다. 엄마는 이즈음 이상하게도 종호 형의 이야기를 내가 듣는 데서 한 번도 꺼낸 적이 없었다. 보고 싶다든지, 아니면 찾아오지 않아서 섭섭하다든지, 그런 말도 전혀 하지 않으셨다.
　"역시 애는 애구나, 라는 생각이 든다. 저를 키워 준 부모를 나 몰라라 하는 것은 그만큼 생각이 모자라는 것 아니겠니?"

"아니에요!"

화가 난 나는 아줌마 앞을 떠나 오리 아저씨에게로 갔다.

"가게 아줌마 정말 싫어요!"

오리 아저씨는 피식 웃으셨다.

"싫다고 안 보고 살 수는 없잖니. 원수도 아닌데. 게다가 물건 사려면 아줌마 얼굴을 쳐다봐야 하잖아."

아저씨는 나를 놀리는 것 같았다.

"종수야, 내후년이면 넌 중학생이 된다. 그런데도 자꾸 사람 미워하는 걸로 시간이나 보내고 그럴래?"

"……."

"그림을 계속 그려라. 어른이 되어 네가 좋아하는 것을 할 수 있는 것도 돈 못지않게 큰 재산이거든."

"아저씨는 무엇을 좋아하셨는데요?"

"나? 지금하고 있는 거."

나는 그것을 오리 키우고 닭 키우는 걸로 받아들였다.

"그런데 아저씨는 왜 식구가 없어요?"

"아직 장가도 안 갔는데 식구가 있을 리 없지."

아저씨는 너털웃음을 웃으셨다.

"아저씨 책상 위에 있는 원고지는 누구 거예요?"

나는 그동안 묻고 싶었던 말을 거푸 꺼냈다.

"응. 그거 이 아저씨 거야……."

아저씨는 그제야 손에서 때가 절은 목장갑을 벗겨 내셨다. 그러더니 나를 데리고 통나무 위에 걸터앉았다.

"이 아저씨가 이곳에서 오리와 닭을 키우게 된 것도 동네 사람들 덕분 아니니? 그래서 생각한 건데 이제부터는 내가 대학에서 배우고 익힌 것을, 이곳 아이들에게 몽땅 가르쳐 주려고 해. 어제는 동네 반장 어른과 상의해서 야학을 열기로 이미 결정했다."

"아저씨가 대학을 나왔어요?"

나는 눈을 동그랗게 뜨고서 아저씨를 올려다보았다.

"대학 나온 아저씨 같지 않니?"

"그게 아니구요. 대학을 나온 아저씨가 어떻게 이런 곳에 와서 살아요?"

"다 이유가 있지."

아저씨는 입을 다물었다. 나는 그 이유라는 것이 궁금하기는 했지만, 어른들이 하는 일이란 늘 알 수 없는 것뿐이어서 더 이상 묻지 않았다.

"우리 누나도 가르쳐 주실 수 있나요?"

나는 종호 형이 누나에게 준 책들이 생각났다.

"벌써 오전에 등록하고 갔다."

"우아!"

그런 누나였다. 하겠다고 마음만 먹으면 누구도 말릴 수 없는 고집이 있는 누나였다.

"종희가 학교 그만둔 것을 이제 와서 후회하는 눈치더라. 그래서 열심히 해 보라고 했다. 검정고시에 합격만 하고 나면 길은 얼마든지 있으니까 말야."

아저씨는 답답해하던 내 가슴에 희망의 바람을 불어넣어 주었다. 게다가 그런 소식을 나중에 종호 형에게 자랑스럽게 전할 수 있어서 뛸 듯이 기뻤다.

"내가 뭐 공부하고 싶어서 등록한 줄 아니? 아버지는 맨날 술 타령이지. 규진이 그런 꼴도 계속해서 못봐 주겠고. 이 집을 떠나려면 공장에 취직을 해야 하는데 중학교 졸업장이라도 있어야 한다는 거야."

그러나 누나가 말하는 그런 것은 나중 일이었다. 무엇보다 누나가 다시 공부를 시작한다는 것이 중요했다. 나는 마루에 나가 부자 마을을 보면서 마음으로 신호를 보냈다.

"종호 형! 누나가 공부를 시작했어!"

나는 또다시 눈물이 핑 돌았다. 아직도 형의 이름만 부르면 눈물이 솟구쳤다. 형이 있는 그곳에서 훤히 켜진 불빛들이 서서히 수채화 물감처럼 번지고 있었다.

뿌리내리지 못한 나무

동물 농장의 야학에는 오리 아저씨 말고도 대학생 선생님이 두 분이나 계셨다. 두 분 선생님은 자원봉사하러 온다고 했다.

그러자 일곱 명으로 시작했던 교실은 스무 명으로 늘어났다. 누나 또래들 중에서도 학교를 그만둔 친구들이 다섯 명이나 등록을 마쳤다. 그 일은 누나가 서둘러서 하게 됐다. 누나는 내가 보기에도 참 열심이었다. 종호 형이 보내 준 책을 손에서 놓지 않았고, 영어 단어 외우는 실력도 보통이 아니었다.

"넌, 규진이가 돌아오면 그 아이에게 신경 좀 써야 한다."

엄마는 누나가 무섭도록 공부에만 정신 파는 것을 탐탁하게 여기지 않으셨다.

"누나 공부하러 갈 시간엔, 제가 형 옆에 있을게요."

엄마는 그런 나를 쳐다보시더니 무슨 말인가를 하려다가 입을 다물었다. 나는 며칠 전 학교 교문에서 만난 종호 형과 굳게 약속했었다.

"누나도 나도 열심히 공부할게."

종호 형은 눈물을 글썽이며 내 어깨에 손을 얹었다.

규진이 형이 심장수술을 마치고 병원에서 퇴원한 것은, 우리 집에 온 날로부터 거의 두 달이 지나서였다. 그동안 옆에서 간호하던 엄마와는 많이 친해진 듯 보였다. 어쩌다 엄마와 이야기할 때 웃음 짓는 얼굴을 보였기 때문이다.

그러나 누나와 내게는 여전히 말도 걸지 않았고, 학교 가는 등교 시간도 따로따로였다. 한집에 살면서도 엄마만 안 계시면, 우리들은 기름과 물이었다. 규진이 형이 기름처럼 맴돌고 있었기 때문이다.

"규진아, 물 한 컵 떠와라."

아버지께서 많이 취해 들어오신 날이었다. 그러나 형은 의자에서 일어서지 않았다.

"규진아!"

아버지의 목소리가 담을 넘어 이웃집으로 건너갔다. 창피한 생각이 든 나는, 규진이 형 대신 벌떡 일어나 부엌으로 달려갔다. 그새 아버지가 작은방으로 건너가셨다.

"야! 임마! 네가 이 집의 주인이냐? 아버지 말이 말 같지 않아!"

아버지는 몹시 화가 나신 것 같았다. 나는 컵에 담긴 물을 들고 방으로 들어갔다. 하필이면 집에 아무도 없었을 때였다. 누나는 야학에 갔고 엄마는 잠시 쉬었던 음식점에 다시 나간 날이었다.

"아무리 부잣집에서 호강하고 자랐다 하지만 된 놈 같으면 그렇게 행동하진 않는다. 환경이 바뀌어 어렵긴 하지만, 섞이려고 노력 좀 해 봐라. 엉? 이 집 안에 너 혼자 있는 것도 아니고, 다리 병신인 동생까지 있는 판에 네가 그럴 수 있는 거냐?"

아버지는 쉽게 작은방을 나가실 것 같지 않았다.

"말이 나왔으니 끝까지 다 하겠다. 그동안 너 하는 행동을 가만히 지켜보고 있었다. 그랬더니 병신 동생이라고 아침에도 너 혼자서 횅하니 나가 버리고, 말 한마디라도 곱게 붙여주지 않더구나. 그러면서도 넌 무슨 대접을 그렇게 받길 원하는 거냐? 병신이라도 너와 한 핏줄이란 말이다!"

아버지는 규진이 형에게 그동안 하고 싶은 말을 다 하고 있었다. 병신이라는 말을 하시는 것만 봐도 알 수 있었다. 아버지와 식구들은 내가 듣는 데선 그런 말을 해 본 적이 없었다. 밖에서는 아이들이 가끔씩 그 소리로 내 마음을 아프게 했지만, 집에 돌아오면 그런 마음도 곧 잊을 수 있었다. 집에서는 나를 지극히 정상적인 아이로 대해 주었기 때문이다.

나는 귀를 틀어막고 싶었다. 하지만 어떤 행동도 할 수 없었다. 물을 들고 있어서였다. 규진이 형은 여전히 앉은 채로 의자에서 꼼짝하지 않았다.

"나규진! 너 이 애비 말 안 들려?"

아버지가 규진이 형 앞으로 바싹 다가섰다. 눈앞에서 금방 무슨 일이 벌어질 것 같았다.

"할머니, 할머니, 빨리 오세요."

겁이 난 나는 문간방 할머니에게로 달려갔다.

"종수 아버지! 이러시면 안 돼요. 규진이 마음도 헤아려 주셔야지요."

황급히 달려온 할머니는 아버지의 팔을 끌고 방 밖으로 나가셨다.

"알아요. 나도 안다구요. 그래서 이해하려고 해도 애가 너무 시건방져요. 학교 간다고 아침에 인사할 줄을 아나, 내가 들어와도 들어오느냐고 고개 내밀기를 하나. 잘사는 집에서는 예의범절도 안 가르치나 보죠?"

아버지의 격앙된 말소리가 열려 있는 방문 사이로 밀려 들어왔다.

"부모 자식 간에 이래서 되겠느냐구요!"

나는 아버지가 우시는 것을 처음 보았다. 나도 쏟아지는 눈물을 감추려고 무릎 사이에 머리를 묻고 앉았다.

"나도 이대로 사느니 차라리 죽고 싶어!"

규진이 형이 그제서야 입을 열었다. 형도 울고 있었다. 나는 밖으로 나와 마루에 주저앉았다.

"종수 아버지, 규진이는 이제 막 옮겨 심은 나무하고 똑같아요. 뿌리가 내릴 때까지 기다려야지요."

아버지와 할머니가 이야기하는 소리가 계속해서 큰방 문을 나서고 있었다. 바라다보이는 부자 마을의 불빛들은 내 눈물 때문에 자꾸만 번져 갔다.

"왜 밖에 나와 있니?"

그때 누나가 돌아왔다. 나는 두리번거리는 누나를 붙들고, 그 자리에서 엉엉 소리 내어 울고 말았다.

"규진이 너! 네가 그렇게 잘났으면, 부잣집으로 당장 가 버려! 난 너 같은 동생 필요 없어!"

아무것도 모르는 누나는 규진이 형만 나무랐다.

"종희 너도 그렇게 말하면 안 된다. 서로 다독여야 한다. 너희는 피를 나눈 형제란다."

할머니가 큰방에서 나오셨다.

"실례합니다!"

그 난리 통에 우리 집을 찾아온 사람이 있었다. 뜻밖에도 부자 마을에 사는 종호 형네 아줌마였다.

"엄마!"

방 안에서 꼼짝하지 않던 규진이 형이 어느새 맨발로 달려나가 아줌마를 껴안았다. 그러더니 형은 소리 내어 엉엉 울었다. 아줌마는 대문 앞에서 그러는 규진이 형을 안고 그대로 서 있었다.

"누추하지만 들어오세요."

아버지의 혀 꼬부라진 말투에 그 아줌마는 이마를 찌푸렸다.

"어머니가 운명하실 것 같습니다. 규진이를 찾으셔서 급히 데리러 왔어요. 잠시만 데리고 갔다오겠습니다."

아줌마는 마루에 걸터앉으며 방문을 열고 있던 아버지께 말했다.

"잠시가 아니라 아예 데리고 가십시오!"

아버지는 방문을 세게 닫아 버렸다. 나는 아버지의 그런 행동에 부끄러움을 느꼈다. 아줌마에게 내가 대신 사과하고 싶었다.

"어서 데리고 가세요."

할머니가 멍하니 앉아 있는 아줌마의 팔을 잡아당겼다.

일어선 아줌마 뒤를 규진이 형이 따라나섰다.

"안녕히 가세요."

내가 대문 앞까지 따라 나가 인사를 했더니, 아줌마는 내 머리를 말없이 쓰다듬어 주셨다. 나는 대문에 기대선 채 눈으로 한참 동안 두 사람을 배웅했다.

아줌마가 규진이 형의 어깨에 손을 얹고 내려가는 모습이 무척 다정해 보였다. 아무리 쳐다봐도 우리 엄마의 자리는 규진이 형 옆 어디에서도 찾을 수 없었다.

'규진이 형, 잘 갔다 와!'

그러나 그 소리는 입 밖으로 나오지 않았다. 규진이 형은 그날 저녁 집으로 돌아오지 않았다.

생일 선물

 산동네엔 언제나 인정이 넘친다. 누가 아프기라도 하면 가르쳐 주는 치료 약이 수백 가지이고, 누가 일을 당하면 저마다 머리를 짜내어 해결 방법을 찾아 주었다.
 "규진이를 아예 그 집에서 키우도록 놔두는 게 좋겠어요."
 "언제까지 그렇게 놔둘 수가 있나요. 사람이면 염치가 있어야지. 제 자식인 게 뻔히 드러났는데 나 몰라라 하고 맡겨 놓을 수 있냐고요."

"그럼요. 그럼요. 기른 정도 중요하지만, 배 아파 낳은 정하고 어디 같은가요. 친부모가 없으면 몰라도 엄연히 두 눈 뜨고 살아 있는데 그러면 안 되지요."

"맞는 말이네요. 제 부모 밑에 와서 고생을 해도 같이 하고 낙을 누려도 같이 해야지, 제 편하다고 그쪽으로 쫓아가서 살면 되나요."

사람들은 돌아오지 않는 규진이 형에 대해 말이 많았다. 그러나 규진이 형이 한사코 돌아가지 않겠다고 버티는 것에는, 어떤 의견도 도움이 되지 않았다.

"뻔뻔한 녀석이네!"

"그러게 말이에요. 모든 게 다 밝혀진 마당에 어떻게 거기서 버티고 살겠다는 거래요?"

"아이의 얼굴을 봐요. 그러고도 남게 생겼지."

나는 규진이 형을 좋아하지는 않았지만, 사람들이 형을 나쁘게 말하는 것은 정말 듣기 싫었다. 그사이 엄마가 몇 번 부자 마을에 가서 규진이 형을 설득해 보았지만 소용이 없었다.

"병원에 그렇게 같이 붙어 있었으면서도 아이 하나 설득을 못하고 오나!"

아버지는 규진이 형의 이야기만 나오면 버럭 목소리가 높아지셨다.

"당신이 그러니까 아이가 오지 않는 거라구요!"

엄마의 목소리도 덩달아 높아지기만 했다.

"내가 어때서!"

아버지의 목소리는 좀처럼 가라앉을 것 같지 않았다.

"그날도 당신이 물을 떠다 드셨으면, 이렇게까지 일이 커지진 않았을 거라구요! 아니 술만 안 마셨어도 그런 일이 안 생겼을 거라구요!"

엄마는 아버지 탓을 했다.

"나도 물 때문에만 그런 건 아니었소. 참다 참다 쌓인 것이 그날 폭발한 것뿐인거요!"

그렇게 말하는 아버지의 목소리는 아까보다 많이 누그러져 있었다.

"그 집에서 그러대요. 타일러서 보낼 테니 마음이 가라앉을 때까지 놔두고 가라고요."

"그 사람들 그런 식으로 아이를 키웠으니까 애가 그 모양이지."

아버지께서는 엄마와의 이야기를 그렇게 끝내셨다. 그런 뒤로 엄마와 아버지는 사람들의 말에 귀를 막고 살았다. 그러나 내가 구멍가게에 들러야 할 심부름은 끊이지 않고 있었다. 콩나물, 두부, 어묵, 파, 마늘…….

'이런 것들은 아예 먹지 않고 사는 방법은 없을까?'라고 생각할 정도였다.

"제 자식 부잣집에 가서 살게 하려고 억지로 구박한 건 아닌지 몰라."

"누가 아니래요. 요새 교육비가 어디 한두 푼이냐구요."

"자식 낳아 남의 집에서 먹여 주고, 재워 주고, 공부시켜 주고, 종수넨 곧 부자 되겠어요."

그런데 화를 잘 내던 누나마저도 이번에는 입을 굳게 다물고 있었다. 종희 누나는 열심히 공부만 했다. 오리 아저씨와 대학생 선생님들이 놀랄 정도였다.

"그런 녀석이 어쩌다 학교는 그만둔 거냐?"

오리 아저씨는 누나의 칭찬을 아끼지 않으셨다.

한동안 우리 집은 그사이 무슨 일이 있었느냐는 듯, 아주 평온했다. 모두의 마음 한쪽은 태풍이 휩쓸고 간 자리처럼 상처가 남았지만, 종호 형이 있을 때만큼은 아니어도 가끔씩 웃음소리도 흘러나왔다. 누나의 사기 화분들도 장독대 밑에서, 오랜만에 한가롭게 쉬고 있었다.

그런데 소문은 또다시 구르고 있었다. 시작은 구멍가게 아줌마로부터였다. 종점에서 전자제품 가게를 하는 송이네 집에 아줌마가 물건을 사러간 것이었다.

"종호 친엄마도 몹시 난처한가 봐요. 기른 정 때문에 어쩌지도 못하고 그러나 봐요. 나 같았으면 칼로 무 자르듯 딱! 아마 그랬을 거예요. 그런데 그러지도 못하게 생긴 것이 할머니가 돌아가시면서 유언을 했는데, 규진이 대학 때까지 뒷바라지를 해 주라고 했대요."

"세상에! 그런 사람들도 있었네요."

"그러니까 복 받아서 그렇게 잘살고 있지. 아버지가 어떤 회사 사장이라고 했었는데…… 뭐랬더라……. 좌우간 내 머리는 알아줘야 한다니까."

아줌마들은 또다시 구멍가게 앞에 모였다 하면 종호와 규진이 형 이야기를 했다. 그럴 때 아줌마들은 내가 형들의 동생이라는 것도 잊어버리고 있는 모양이었다.

"종호 친엄마 얼굴이 반쪽이래요. 할머니 상을 치른 지가 얼마 되지도 않았지만, 규진이 때문에 보통 마음이 쓰이지 않는 모양이에요. 글쎄 그 아이가 제가 쓰던 방이며 물건을, 도무지 종호에게 양보를 하지 않는다는 거예요."

엄마에게는 항상 그런 소문이 늦게 도착했다.

"저쪽 집의 도우미 아줌마가 장보러 나와서 온갖 이야기를 다 하고 다니나 봐요."

아버지는 그 이야기를 전해 들으면서도 아무런 말이 없으셨다. 나는 그걸 보면서 어째서 아버지가 한걸음에 달려가 규진이 형을 데려오지 않는지 너무나 이상했다. 떠도는 말처럼 규진이 형이 공부를 다 마칠 때까지 기다리려는 것일까? 아니면 돌아오지 않는 규진이 형이 미워서일까? 그러나 내 생각은 곧 고쳐졌다.

"내일 그 집에 가서 규진이를 만나 봅시다."

아버지는 뭔가 단단히 결심을 하고 계신 것 같았다. 그러나 다음 날, 엄마와 아버지는 더욱 힘없이 돌아왔다.

"한동안은 이대로 있어야겠어요. 왕래를 해도 좋을 게 하나도 없을 것 같아요. 서로 쑥밭 만들기로 작정한 것도 아닌데, 만날수록 정만 더 멀어지고 있으니……."

엄마는 또다시 눈물을 흘리셨다.

"규진이 형은 언제 와요?"

"한동안은 안 돌아올 것 같구나. 오히려 규진이보다 종호가 다시 이곳에 와서 살겠다고 졸라서 마음이 더 아팠다."

엄마는 다시 치마 끝으로 눈물을 닦았다. 나도 덩달아 눈물이 고였다. 벌써 몇 달이 지났지만 종호 형의 그림자는 조금도 내게서 없어지지 않고 있었다. 책상 위에 세워 놓은 사진 속에서처럼, 나는 종호 형과 함께 언제나 어깨동무하며 살고 있었다.

얼마 뒤 학교에서 일찍 돌아온 날이었다.

"종수야, 종수 집에 있니?"

오리 아저씨가 어쩐 일로 우리 집에 오셨다.

"너, 형아 보고 싶지?"

나는 어리둥절한 눈으로 아저씨를 바라보았다.

"종호 토끼 말이다. 제값보다도 비싸게 사가겠다는 사람이 있어서 오늘 팔았다. 그동안 풀이며 먹이 챙겨 주느라고 많이 애썼지?"

그러면서 오리 아저씨는 주머니 속에서 돈을 꺼내셨다. 그러나 나는 그 돈을 받을 수가 없었다. 토끼는 원래 오리 아저씨 것이었다. 거기에다 우리들의 이름만 붙였던 것이다.

"너, 종호가 보고 싶지? 토끼를 보러 오지 않는 걸 보면 그걸 알 수가 있지."

그러고 보니 며칠째 나는 오리 아저씨한테도 올라가지 않았다.

"난, 한번 한 약속은 꼭 지킨다. 너희들 생일에 그 토끼를 팔기로 했었잖니."

아저씨는 내 손을 덥석 잡으셨다.

"너 종호 생일을 잊은 건 아니겠지?"

"……?"

나는 얼른 달력을 쳐다보았다. '형 생일'이라고 연필로 쓰여진 것이 그제서야 눈에 들어왔다. 수없이 달력을 보았을 텐데도 나는 한동안 그 글씨를 발견하지 못했었다.

"토끼 판 값을 다 주는 게 아니고 네가 수고한 만큼만 줄 테니, 이 돈 받아서 형 선물을 사든지 너 필요한 것을 사든지 맘대로 해라."

아저씨는 끝내 내 손에 돈을 쥐어 주고 밖으로 나가셨다. 나는 그 돈을 물끄러미 내려다보고 있다가 벌떡 일어나 단숨에 골목길을 달려갔다. 그런 다음, 형이 그렇게 좋아하던 오징어 튀김을 두 봉지나 샀다. 누나의 첫 월급날, 눈 깜짝할 사이에 먹어 치우던 기억이 눈앞에 생생해서였다.

"와! 참 맛있다!"

형은 입 주위에 묻은 기름까지 혀로 핥았었다. 그런 뒤로 누나는 월급날만 되면 오징어 튀김을 사 들고 들어왔었다.

누나를 반기던 그때처럼 반겨줄 형을 생각하면서, 나는 부지런히 부자 마을로 향했다. 한 번도 가 보지 않았던 부자 마을은 무척 조용했다.

우리 동네처럼 위아랫집에서 그릇 떨어지는 소리, 두런거리는 소리, 크게 한숨 쉬는 소리, 텔레비전 연속극 소리, 라디오 음악소리……. 그런 것이 없었다. 우리 동네에서 그 소리들은 눈을 감고 있으면 더 잘 들렸다. 그러나 부자 마을은 집과 집 사이가 멀어서인지 사람도 쉽사리 만나지지 않았다.

"우리 집에선 산동네가 아주 잘 보여. 내가 그곳에 살고 있었을 때는 몰랐는데, 이쪽에서 보면 산동네의 밤 풍경도 무척 아름다워."

언젠가 종호 형이 하던 말을 기억하며, 나는 우리 동네가 바라다보이는 곳의 골목길로 들어섰다.

그러나 쉽게 찾을 수 있을 것이라는 처음 생각과 달리, 나는 골목길을 수없이 왔다갔다하고 있었다. 그러면서 세로로 된 철 대문 사이로 안을 기웃거리기도 했고, 형네 아버지 이름도 모르면서 문패를 바싹 들여다보기도 했다. 그러다 쫓아나와 짖어 대는 개 소리에 놀라 혼비백산 달아나기를 수십 번. 문득 불켜진 가로등을 보자 마음이 급해졌다. 벌써 어둠이 내려오고 있어서였다.

"형! 형!"

마침내 나는 목이 터져라 큰 소리로 부르며 돌아다녔다.

"종호 형! 종호 형!"

아마 우리 동네 같았으면 벌써 누군가가 "더 올라가세요." 아니면, "아래로 내려가세요."라고 말해 주었을 것이다.

어느 집 대문 여는 소리만 들려도 나는 행여 종호 형이 나오는가 싶어 눈과 귀를 그곳으로 모았다. 그러나 번번이 낯선 사람들이었다.

"얘야, 누굴 찾니? 누굴 찾는데 아까부터 그렇게 소리치고 돌아다녀. 날이 벌써 어두워졌잖니."

할머니 한 분이 대문을 열고 그 앞을 막 지나가는 나를 부르셨다.

"종호 형요."

"종호?"

"네!"

할머니는 그러고 나서 나를 위 아래로 훑어보셨다.

"넌, 어디서 온 아이니?"

"저 앞에 있는 산동네에서요."

나는 팔을 번쩍 들어 우리 동네를 가리켰다.

"찾는 집의 번지수는 알고 있니?"

"아니요."

"번지수를 모르면 집을 찾을 수가 없지. 어른 이름은 알고 있니?"

"성이 한씨라는 것만 알아요. 그리고 얼마 전에 할머니가 돌아가신 집인데……."

"저쪽 집을 말하는가 본데. 혹시 바뀐 손자를 찾았던 집이 아니냐?"

할머니가 턱으로 윗쪽 방향을 가리켰다.

"네! 맞아요!"

"쯧쯧! 그 할망구 너무 안됐지 뭐냐. 얼마나 놀랐으면 하루아침에 세상을 떠."

나는 할머니가 가르쳐 준 대로 왼쪽 골목길로 들어섰다. 뜰이 들여다보이는 커다란 대문이 눈앞에 다가왔다. 그러나 정원이 있는 뜰만 보였고 집은 한참 더 위에 세워져 있었다. 대문 앞에서 안을 기웃거려 보았지만 무척 조용했다. 게다가 대문을 이리저리 살펴보았지만 벨이 어디에 붙어 있는지 알 수 없었다.

그때 자동차의 눈부신 불빛이 집 앞에 와서 멈췄다.

"종수야!"

멈춘 차에서 급히 내린 건 종호 형이었다.

"형!"

너무나 반가운 마음에 눈물이 왈칵 쏟아졌다.

"여길 어떻게 왔어? 집에 무슨 일이 있는 거야?"

내가 아니라고 고개를 돌리자 형은 내 눈물부터 닦아 주었다.

"종수가 왔어요."

종호 형이 나를 아저씨와 아줌마에게 데리고 가 인사를 시켰다.

"밖에서 이러고 있지 말고 집 안으로 들어가자."

아줌마가 내 등을 대문 안쪽으로 밀었다. 그제야 알았지만 아줌마 옆에는 규진이 형도 있었다. 그러나 규진이 형은 쳐다보고 서 있는 내게 한 마디 말도 하지 않았다.

"안으로 들어가지 않고 뭐하니."

아저씨가 와서 내 손을 덥석 잡는 바람에 나는 어찌나 놀랐는지 모른다. 그렇게 친절하게 대해 주는 아저씨와 아줌마가 너무나 고마웠다.

"무슨 일이 있었니?"

집 안을 두리번거리는 나를 의자에 앉히며 종호 형이 다시 물었다. 나는 고개를 가로저었다.

종호 형이 사는 집 안은 우리 집과는 완전히 달랐다. 정원은 물론이고 신발장 앞에서부터 나는 집 크기에 이미 기가 죽어 있었다. 넓고 호화로운 거실도 마찬가지였다.

"그런데 왜 갑자기 찾아온 거니?"

종호 형이 또 물었다.

"오늘이 형 생일이잖아."

종호 형의 눈이 순간 동그랗게 커졌다.

"그래서 형 주려고 이거 사 왔어."

나는 까만 비닐봉지를 형에게 주었다.

"이게 뭔데?"

"오징어 튀김."

"아니……!"

종호 형은 잠시 동안 물끄러미 나를 쳐다보았다. 그러자 아줌마가 커다란 접시 하나를 재빨리 들고 오셨다. 그런데 까만 비닐 속에서 꺼내 놓은 종이 봉지에는 그새 기름이 흠뻑 배어 있었고, 쏟아 놓은 튀김도 고무줄처럼 축 늘어져 엉켜 있었다.

"엄마가 보내신 거니?"

아줌마가 작은 소리로 물으셨다.

"아니에요. 오늘 오리 아저씨가 형 이름으로 키운 토끼를 팔았어요. 그 돈으로 제가 사 온 거예요."

"토끼를 팔아? 그리고 오리 아저씨는 또 누구냐?"

아줌마는 큰 눈으로 나를 뚫어지게 바라보았다.

"우리 동네 산꼭대기에 오리 아저씨가 살아요. 그 아저씨가 키워 주신 거예요. 제 것도 있어요."

"어쩜! 고마운 사람도 다 있구나! 날짜를 잊지 않고 있었다는 것도 놀랍고 말야."

아줌마는 정말 감탄하시는 것 같았다.

"우리 종호 옆에 그렇게 좋은 사람들이 있어 주었구나. 그리고 우리 종호를 이렇게까지 생각하다니……. 어른인 나도 할 말이 없다. 나중에라도 고맙다는 인사를 반드시 해야겠다."

아줌마는 내가 보기에도 맛이 없어 보이는 튀김 하나를 집어들고 맛있게 드셨다.

"종호야, 너도 먹어 봐라."

그러나 형은 내 손을 잡고서 고개를 들지 않았다.

"받아라!"

아줌마가 튀김 하나를 집어 형에게 건넸다.

달콤한 메아리 137

"엄마…… 종수하고 같이 가서 살고 싶어요."

형은 튀김을 받지도 않고 나를 와락 끌어안았다.

"녀석! 또 마음 약한 소리 하고 있다. 그렇게 너를 사랑하고 기억해 주는 사람들을 위해서라도 열심히 공부를 해라. 그것이 바로 보답하는 길이다."

종호 형네 아저씨는 나와 종호 형의 어깨를 감싸며 다독여 주셨다.

"규진아! 규태야! 너희들도 이리 와라."

아저씨는 2층을 향해 소리치셨다.

"너희들 모두 한 형제처럼 잘 지내야 한다. 할머니께서도 그렇게 유언을 남기셨지?"

종호 형, 규진이 형, 그리고 나보다 어린 규태는 고개를 끄덕였다. 그러나 나는 우두커니 앉아 있기만 했다.

규진이 형은 여전히 내게 말 한마디 건네지 않았다. 나 역시 형을 다시 만났는데도 서먹서먹한 마음뿐이었다. 하지만 규진이 형과 규태는 종호 형과 나만큼 무척 친해 보였다.

"이리 좀 와라."

어느새 저녁밥을 차려 놓고 아줌마가 나를 불렀다.

"우리들은 밖에서 먹고 오는 길이었어."

종호 형이 엉거주춤 앉아 있는 내 팔을 잡아끌었다.

종호 형네 집을 나선 것은 저녁 여덟 시쯤이었다. 그런데 거기서 바라다보이는 우리 산동네도 마치, 수많은 별들이 박힌 보석나라처럼 아름다웠다. 내가 살고 있는 곳이 아닌, 아름다운 세상 하나가 그곳에 따로 와 있는 것 같았다.

"종수야, 나한테 업혀!"

종호 형이 내 앞에 등을 보이고 주저앉았다.

"넘어진다."

아줌마가 염려하셨다.

"괜찮아요. 가파른 산동네 골목길도 수없이 업고 다녔는데요 뭐. 얼른 다녀올게요."

나는 아줌마를 돌아보았다. 아줌마는 고개를 끄덕이며 우리를 바라보고 계셨다.

달콤한 메아리

'축! 고입 검정고시 합격! 나종희. 김경희. 이순금. 김한철.'

골목길 입구에 플래카드가 나붙었다.

"누나! 누나!"

나는 그날 너무 기뻐서 눈물을 펑펑 쏟고 말았다.

"웬 광고야?"

사람들은 선거철도 아닌데 나붙은 플래카드를 목을 빼고 올려다보았다.

"우리 동네 자랑거리예요!"

오랜만에 맘에 드는 구멍가게 아줌마의 말소리도 들을 수 있었다.

"종희는 순 날라리인 줄 알았는데 그게 아니었나 봐요."

구멍가게 앞에서 정아네 아줌마가 플래카드에 써 있는 누나의 이름을 가리켰다. 그럴 땐 내 다리가 정말 빨리빨리 걸을 수 있었으면 좋겠다는 생각이 들었다. 구멍가게 앞을 재빨리 지나가면 어떤 소리도 들리지 않을 것이기 때문이다.

"날라리라뇨! 얼마나 착한 아인데. 동생들 보살피는 것으로 하면 우리 동네 누구도 못 따라가지요. 규진이가 왔을 땐 다니던 공장도 그만두고 뒷바라지 했었잖아요."

구멍가게 아줌마의 태도가 하루아침에 바뀌었다.

"성격이 못되먹었다고 할 때는 언제고……."

정아네 아줌마는 입을 삐죽 내미셨다. 그걸 보면 어른들도 우리들하고 똑같았다. 변덕도 심하고, 화도 잘 내고, 토라지기도 잘하니 말이다.

"내가 언제 그렇게 말했어요. 성격이 좀 남다르다고 했지."

그만큼 누나의 검정고시 합격은 대단한 것이었다. 기자 아저씨들이 동물 농장의 야학 교실을 취재하러 왔고, 누나와 함께 합격자들의 사진을 스무 번도 더 찍어 갔다. 책상과 의자 하나 없는 동물 농장의 야학 교실은, 내가 다니는 학교에까지 소문이 났다.

"낮에는 일하고 밤에 열심히 공부한 언니, 오빠들을 봐라."

그 바람에 그 일은 일류 대학을 합격한 것 만큼이나 자랑스러웠다. 아버지도 오랜만에 활짝 웃는 얼굴을 보이셨다.

"요즘은 누구나 많이 배워야 한다."

아버지의 생각이 어느새 바뀌었다. 누나가 중학교 2학년을 다니다 그만둘 때만 해도 야단치지 않으셨던 아버지였다.

그때 아버지는 종호 형을 위한 누나의 희생을 당연한 것으로 말했었다.

"여자도 능력이 있어야 하는 세상이야."

아무튼 아버지는 많이 변하셨다. 누나는 더욱더 변해 있었다. 꿈이 아주 거창해졌다.

윗집, 아랫집, 그리고 양쪽 집, 게다가 오며가며 만나는 동네 사람들까지, "축하한다!"라는 소리로 누나를 인정해 주었기 때문이다. 누나는 그동안 힘들고 짜증이 나면 집을 나가기 위해서 검정고시 공부를 한다고도 했었다. 그러던 누나의 꿈이 완전히 바뀐 것이다.

"취직한 다음 야간 고등학교에도 갈 거야. 아니, 대학에도 가서 우리처럼 가난해서 치료받지 못하는 사람들을 위해 의사가 되고 싶어."

누나는 그 꿈을 기자 아저씨들 앞에서 당당히 말했었다.

"제겐 다리가 불편한 동생이 있어요……."

누나는 내 이야기도 빠뜨리지 않았다. 지금껏 나를 업어 주고 챙겨 주고 그러면서, '절뚝발이', '병신'이라고 놀려 대던 남자아이들과 입술이 터지도록 싸워 가며 막아 주던 누나였으니 말이다. 그런 누나였기에 검정고시 합격은 내게도 더욱 빛나 보였다. 값진 만큼 좋은 일이 겹쳐서 일어났다. 세차장을 그만두고 집에서 놀고 있던 아버지가 취직이 된 것이다. 그것도 소문난 누나 덕이었다.

"그 딸이 누굴 닮았겠어요!"

나이 많은 버스 회사 사장님은 흔쾌히 아버지께 일자리

를 주셨다. 아버지뿐 아니라 순금이 누나네 아저씨도 함께였다. 사람들은 버스 회사 사장님이 선거에 출마하려고 때맞춰 그런 선심을 쓴다고 수군거리기도 했었다. 어찌됐건 아버지는 종점에 있는 버스 회사에 정식 직원으로 출근을 하게 된 것이다.

돕는 손길은 또 있었다. 목사님의 소개로 누나도 취직이 되었다. 방직 회사였는데 낮에 일하고, 밤에는 부설 고등학교에서 공부도 할 수 있는 곳이었다. 게다가 기숙사가 있어서 먹고 자는 것까지 해결이 되었다.

"엄마는 이제 집에서 종수나 보살피세요. 제가 월급 받는 대로 전부 보내드릴게요."

"요즘 세상은 아들보다 딸 덕에 비행기 탄다더니만……."

누나를 바라보는 엄마의 눈에 눈물이 가득 고여 있었다.

"누나! 정말 축하해!"

종호 형이 찾아온 날은 그야말로 우리 집은 축제의 꽃마당이었다.

엄마와 아버지 누나와 종호 형 그리고 나. 이렇게 우리들은 누가 뭐래도 여전히 떼어놓을 수 없는 한 식구였다.

엄마가 먼저 음식점을 그만두었고 이틀 뒤 누나가 집을 떠났다.

"어째, 집에 가만히 있으려니 온몸이 자꾸 쑤신다."

엄마는 오랜만에 편해진 시간을 어색해했다. 그랬는데 일이 생겼다. 오리 아저씨가 당분간 엄마에게 동물 농장을 맡긴 것이다.

"지금까지 써 왔던 글을 마무리해야 한다나요. 뭐 그런 이유로 내게 부탁한 거예요."

엄마가 아버지에게 동물 농장을 돌봐야 할 이유를 설명했다.

"그 사람도 참 별난 사람이군."

아버지는 누나가 검정고시에 합격한 뒤로 오리 아저씨를 몇 번 만났었다.

"소설을 쓴다고 하던데 알고 보니 우리 나라에서 가장 좋은 대학의 국문학과를 나온 사람이었더라구."

"그런 사람이 왜 이곳에 와서 저 고생일까요?"

"그러니까 별나다는 거지. 그나저나 힘들 텐데 해낼 자신은 있는 거요?"

"닭하고 오리 먹이 주고 청소하고 그런 일들이니까 그리 힘들지는 않아요."

그러나 엄마는 모르고 계신 것 같았다. 오리 아저씨는 그만한 일을 하는데도 이마에 땀방울이 송송 맺히곤 했던 것이다. 그러나 그 말을 하고 싶지 않았다. 엄마가 도와주지 않으면 아저씨는 해야 할 일을 지금 당장 할 수 없기 때문이다. 나도 무엇인가로 아저씨에게 보답을 하고 싶었다.

'하지만 엄마가 너무 힘드실 텐데……'

"문간방 할머니께서 도와주시기로 했어요."

그렇다면 정말 안심이었다. 할머니는 우리의 친할머니처럼 모든 일을 진심으로 염려했고, 무슨 일이 있을 때마다 식구들 옆에 있어 주어서이다.

'오리 아저씨는 어디로 가서 글을 쓰는 걸까?'

나는 오리 아저씨가 닭과 오리들 때문에 다른 곳으로 가는 것이라고 생각했다. 닭과 오리는 아저씨가 저희들만 돌봐 주는 사람으로 알고 아무 때나 소리치고 떼를 쓰기 때문이었다.

"요녀석들 봐라! 시도 때도 없이 이렇게 꽥꽥대면 어쩌겠다는 거냐."

아저씨는 자주 그런 말을 하셨었다. 게다가 오리는 요란한 목소리를 가지고 있어 더욱 시끄러웠다. 우리 반의 친구들처럼 말이다.

"너희들 이래 가지고 장차 무슨 일을 하겠니?"

너무 떠들면 선생님께서도 어처구니없는 표정으로 바라보셨다. 그럴 땐 선생님께서도 오리 아저씨처럼 어디론가 가 버리고 싶으셨을 것이다.

종희 누나의 이야기는 동네에서 어느새 잠잠해졌다. 잠잠해진 것은 떠버리인 구멍가게 아줌마가 가만히 있기 때문이었다.

"떠벌이다, 떠벌이다 이제 지친 모양이에요."

엄마와 할머니가 동물 농장에 올라가면서 이야기를 나누셨다.

"지친 게 아니라 집안에 무슨 일이 생긴 걸 거야."

"누가 그래요?"

엄마가 발걸음을 잠시 멈추었다.

"누군 누구야. 내 느낌이 그렇다는 거지."

"떠버리 여자가 어째 자기 일은 입을 꾹 다물고 있을까요?"

"모르지."

할머니는 정말 모르고 계실 것이다. 구멍가게 앞에서도 할머니는 오랫동안 서 있은 적이 거의 없었으니 말이다.

"그 여자가 입을 다물고 있으니 온 동네가 조용하네요."

그 바람에 종호 형, 규진이 형의 일까지도 잠잠해졌다.

나는 그 즈음부터 그림 그리는 일에 더 많은 시간을 보내고 있었다.

"화가가 될래?"

동물 농장까지 따라가서 그림을 그리는 내게 엄마가 물었다.

"몰라요."

정말 그랬다. 내가 앞으로 뭐가 된다는 것을 완전히 결정한 적이 없었다. 학교에서도 장래 희망을 발표할 때는, 다른 친구들이 말한 것 중에서 아무거나 하나를 골랐었다.

그래서 내 장래 희망은 초등학교 5년 동안 열 번도 넘게 바뀌었다.

오래전, 누나가 손을 다쳤을 때는 걱정 때문에 잠시 의사가 되고 싶기도 했다. 그러나 누나의 손이 낫게 되자, 그 꿈도 별거 아닌 걸로 여겨졌다. 그런데 오리 아저씨가 떠난 뒤부터, 나는 그림 그리는 것을 최고의 재미로 삼게 되었다. 그림은 내 마음을 알아주는 하나뿐인 친구가 되어서였다.

그림은 떠들지도 않았고 마음대로 말하지도 않았다. 내가 하자는 대로 따라와 주었고 그림 속에서 내가 가자는 곳으로 어디든 가 주었다.

"와!"

나는 점점 그림이 갖는 끝없는 세계에 빠져들었고, 새로운 의욕으로 시간 가는 줄을 몰랐다.

"예술 하는 사람들은 돈을 못 벌어."

문간방 할머니가 그렇게 말한 적도 있었다. 하지만 나는 가난하게 사는 것보다 부자 마을 사람들처럼 꾸미고 사는 게 더욱 불편할 것 같았다.

엄마와 할머니는 동물 농장을 아주 잘 지켜 주고 계셨다. 그건 내가 보아도 한눈에 알 수 있었다. 동물 배설물이 흘러가서 비만 오면 냄새 나던 골목길이 아주 깨끗해진 것이다.

엄마와 할머니는 오리집과 닭장을 매일매일 청소했다. 게다가 그동안 먼지가 앉아서 하늘이 잘 보이지 않던 비닐 덮개까지도, 유리창을 새로 해 단 것처럼 깨끗해졌다. 그 안에서 오리와 닭들이 하늘을 올려다보며 좋아하는 모습을 나는 부지런히 그림 속에 담았다.

 집에서는 대부분 마루에 나와서 그림을 그렸다. 그럴 때 종호 형이 살고 있는 부자 마을과 닿아 있는 하늘은 육교처럼 보였다. 하늘은 많은 것을 가지고 있는 종점의 대형 슈퍼마켓 같았다. 그곳에는 없는 게 없을 정도였다.

 "세상의 온갖 물건은 다 와 있더라구요. 그런데 없는 동네에서 누가 그걸 다 사 간다는 거예요?"

 어른들도 그렇게 인정하는 곳이었다.

 하늘은 해와 달 구름 그리고 별들뿐 아니라, 내 생각에 따라 마음대로 색깔을 바꾸어 보여 주는 놀라운 눈도 가지고 있었다. 내가 그렇게 하늘에 관심을 갖는 때는 유독 겨울철이었다.

 다리가 불편한 나는 겨울철이 가장 싫었다. 얼어붙은 비탈진 골목길을 오르내리기가 보통 어려운 게 아니어서다. 다리의 힘을 얻기 위해 매일같이 다니던 구멍가게의 심부름도 이때만큼은 할 수가 없었다.

지루한 방학 동안 내가 하는 일이란, 식구들이 돌아오기를 기다리는 것이었다. 그럴 때 나는 버릇처럼 수시로 하늘을 올려다보았다.

그 바람에 5학년 겨울방학 동안엔 눈부신 흰색 도화지가 유일한 절친이 되었다. 그곳에다 나는 머리에 떠오르는 대로 온갖 하늘을 그려 넣었다.

6학년이 되자 나는 학교 미술부에 들어갔고, 그림은 여전히 형과 누나 그리고 오리 아저씨가 없는 빈자리를 잘 메꾸어 주었다.

"아예 중학교 때부터 그림을 전공해 보는 게 어떻겠니?"

내가 그린 그림을 볼 때마다 미술부 선생님은 내 실력을 인정해 주셨다. 대회에 나가 상도 받았다. 그럴수록 나는 더 많은 그림을 그렸다. 문간방 할머니도 내가 받은 상장이 늘어가자 관심을 가져 주셨다.

"오늘은 또 뭘 그리냐?"

할머니는 오리 아저씨처럼 내 옆에서 그림을 감상하며

묻곤 했다.

"오리 아저씨는 언제 오세요?"

벌써 다섯 달째 오리 아저씨의 모습이 보이지 않았다.

"곧 온대지 아마."

할머니도 아저씨 소식을 잘 모르고 계셨다.

"할머니는 왜 오리 아저씨처럼 혼자 사세요?"

할머니께 그런 것을 묻게 된 것도 다 그림 때문이었다. 나는 그림 속에 새와 나비 그리고 나무를 항상 두 개씩 그려 넣었다. 하나는 외롭다고 생각했기 때문이다. 엄마와 아기새, 엄마와 아기나비, 아니면 엄마나무와 아기나무. 그러다 어느 날은 형과 동생 그리고 어느 날은 형과 누나, 나는 그렇게 상상해가면서 그리는 시간이 무척 재미있었다.

"아무도 없으니까 혼자서 살지."

할머니 대답이 돌아왔다.

"할머니도 오리 아저씨처럼 결혼 안 하셨어요?"

"오머머머! 호호호호 이 녀석 봐라! 내 나이가 몇인데 여태 시집을 안 가!"

할머니가 어찌나 크게 웃으셨는지, 내가 오히려 어리둥

절해지고 말았다. 2년 넘게 우리 집 문간방에 살고 계신 할머니는 찾아오는 사람이 아무도 없었던 것이다. 어쩌다 외출하시면 돌아오지 않는 날도 있었지만, 그것도 일 년에 겨우 두세 번 정도에 지나지 않았다.

"문간방 할머니는 못사는 처지도 아닌 것 같은데, 왜 혼자 나와서 사시는지 모르겠어요."

엄마는 방을 빌려 줄 때만 해도 한두 달 안에 비울 줄 알았다고 했다.

"저렇게 건강해 보여도 어르신들은 언제 아플지 알 수가 없단 말이에요."

그러나 일 년이 넘자 엄마는 은근히 걱정이 되는 모양이었다. 그러다 종호 형의 일이 생기는 바람에 또다시 일 년이 훌쩍 지나고 말았다.

엄마는 이제 할머니에 대해 염려하지 않으셨다. 어느 때부터인지 우리 식구들 속에 깊숙이 들어와 계셨기 때문이다. 더군다나 엄마와 함께 동물 농장을 맡은 뒤로는 엄마도 할머니에게 관심이 많아졌다.

"오늘 어디 다녀오셨어요? 하루 종일 안 보이셔서요."

그러나 할머니는 피식 웃기만 하셨다. 할머니 방에는 내 방에 있는 종호 형의 사진처럼, 들어가면 반기는 얼굴이 하나 있었다.

"이 사진은 누구예요?"

"으응. 아는 사람."

할머니는 그렇게만 말씀하셨다. 나도 종호 형에 대해 누가 물으면 설명해 주기 싫을 때가 있었다. 아마 할머니도 그런 마음일 것이라고 나는 생각했다. 그래서 더 이상 묻지 않았다.

그런데 내가 학교에서 신체검사를 하고 일찍 돌아온 날이었다.

"아 글쎄 어머니……."

남자의 목소리가 문간방에서 새어나왔다. 그 바람에 나는 대문을 소리 나지 않게 닫고 안으로 들어섰다.

"어머니! 왜 그렇게 절 못 믿으세요."

남자는 뭔가 무척 답답하다는 말투였다.

"난, 싫다! 그리고 지금까지 찾지 않고 있다가 이제 와서 왜 찾아왔니? 속 보인다 속 보여! 너 지금도 속 못 차리고 사는 것, 안 보고도 다 알 수 있다."

할머니의 목소리는 보통 화가 나신 게 아니었다.

"지난해까지는 잘해 왔는데, 그놈의 사업이 어디 그래요? 나라 전체가 불황인데 내 회사만 잘 되겠냐구요."

"나라 핑계 대지 마라. 그게 다 잘되면 내 탓이고 못되면 조상 탓이라는 거다."

할머니는 찾아온 아들을 좋아하지 않는 것 같았다.

"글쎄, 한때는 잘됐으니까 어머니를 귀찮게 하지 않았잖아요."

"귀찮게 하지 않은 것이 겨우 이거냐? 나 몰라라 하고 집 나간 노인네를 한 번도 안 찾아보는 것이 귀찮게 하지 않은 거냐, 이놈아!"

할머니는 그러다 훌쩍이기도 하셨다. 나는 대문 안에 서 있다가 돌아서서 그대로 동물 농장으로 올라갔다.

"할머니 방에 손님이 왔어요."

"그래?"

엄마는 여전히 동물 농장의 청소와 먹이 주는 것에 바쁘셨다.

"할머니가 지금 울고 계세요."

그때서야 엄마가 나를 바라보았다.

"그래? 너 여기 좀 있어라. 아무래도 엄마가 가 봐야겠구나."

엄마가 내려간 뒤, 나는 동물 농장의 비닐하우스 안에 들어가 오리들 앞에 앉아 있었다. 언젠가 그림으로 날개 펼친 오리 두 마리를 그렸던 적이 있고, 엄마닭이 병아리를 살피는 그림을 그린 적도 있었다.

"이런 것을 어디서 이렇게 자세히 구경했니?"

미술부 선생님이 놀라셨을 만큼, 나는 눈을 감고도 오리나 닭의 생김새를 자세히 알 수 있었다. 나는 오리들이 놀고 있는 모습에 한참 동안 넋을 놓고 있었다.

"이게 누구냐?"

"어? 아저씨!"

"이곳에 웬 대장 오리가 들어가 있나 해서 깜짝 놀랐다."

"에이! 아저씨는……."

오랜만에 말쑥한 차림의 아저씨를 보니 조금은 어색한 느낌이 들었다.

"옷 갈아입고 나올게."

그사이에 엄마가 올라오셨다.

"아저씨 오셨어요."

"그래? 이번 주에 온다고는 했었다. 오리 총각 왔수?"

엄마가 움막에 대고 소리치셨다.

"아 네! 네! 금방 나갑니다."

아저씨는 그새 옷을 갈아입고 나오셨다.

"이곳이 어찌나 깨끗해졌는지 제가 살던 곳이 아닌 것 같았어요. 오리도 닭도 맨날 목욕 시키신 건 아니겠죠?"

"별말을 다하고 있네. 그동안 우리 아이들 돌봐 주고 바른길 가게 해 준 것만으로도 나는 얼마나 고마운지 몰라요. 그걸 어찌 말로 다 할 수 있겠어요."

엄마는 그래서 그렇게 열심히 오리와 닭을 돌보신 것이었다.

"종수 어머니, 그동안 정말 감사했습니다."

"아이고 별 말씀을!"

엄마는 거푸 손을 내저으며 집으로 내려갔다.

다음 날 학교에 가려고 방문을 나서는데 문간방 쪽에서

할머니가 나오셨다.

"이렇게 일찍 어딜 가세요?"

엄마는 곱게 차려입은 할머니를 보고 놀란 듯 물으셨다.

"오랜만에 집에 좀 가보려고 해요. 그동안 나도 손자 녀석들이 무척 보고 싶었지요. 하지만 사업한다고 허세부리는 아들 녀석이 미워 집에는 가지 않고 학교로 찾아가 만나곤 했었다오. 그러나 그것도 오래가지 못하네요. 남편이 남겨 준 재산을 하나둘 팔아치우고 겨우 집 하나 남아 있는데……. 이제 가서 그것도 도장 찍어 주고 오려고 그래요. 늙은이가 손에 가지고 있어 봐야 뭘 하겠어. 필요할 때 아들 녀석에게 넘겨주는 게 더 낫겠지."

할머니는 밤새 고민하신 것 같았다.

"잘 다녀오세요."

엄마는 할머니를 대문 밖까지 배웅을 했다. 그러나 할머니는 이날 늦게까지 집에 돌아오시지 않았다.

"오랜만에 아들 집에 가시더니 주무시고 오시려나 보다."

엄마는 그림을 그리는 내 옆에서 골목길을 계속 내려다보고 있었다. 말은 안 했지만 할머니를 기다리고 있는 것 같앉다.

"효도란 꼭 무엇을 사 주거나 해드려서 되는 게 아니란다. 마음을 편하게 해 주는 것이 바로 효도인 거야."

엄마는 할머니 일로 적잖게 마음이 쓰이는 모양이었다.

"나종수, 너 그림 전공 할 거지?"

미술부 선생님께서는 중학교 진학 때문에 벌써부터 서두르고 계셨다.

"전공을 하려면 아예 예술중학교에 들어가 일찍부터 시작을 하는 거야."

그러나 구멍가게 아줌마의 이야기가 귀에 쟁쟁했다.

"종수야, 이리 와 봐라."

어느 날 구멍가게 아줌마가 지나가는 나를 부르셨다.

"너, 손에 들고 다니는 그게 뭐하는 거냐?"

"그림 그릴 때 쓰는 거예요."

"너, 그림 공부 시작했니?"

"……"

"딸이 벌고 아버지가 벌고, 아들 하나는 공짜로 공부하고, 너희 집도 이제 살만 해졌나 보다."

나는 그 말이 무슨 말인지 이해가 되지 않았다. 그래서 엄마에게 여쭈었다.

"공짜 공부는 무슨 공짜 공부! 병원에서 도의적인 책임으로 준 약간의 돈까지 우리는 전부 그 집에 가져다 주었다. 끝까지 받으려고 하지 않았지만, 그렇게라도 해야 내 마음이 편할 것 같아서 그렇게 했다."

엄마는 규진이 형을 공짜 공부시킨다는 말에, 목소리를 높였다.

"나도 제 마음을 이해 못하는 게 아닌데……."

엄마는 규진이 형 이야기만 나오면 기운이 없으셨다. 그동안 규진이 형이 해온 태도를 봐도 그랬다. 종호 형이 두 달에 한 번 꼴로 우리 집에 들르는 반면, 규진이 형은 한 번도 찾아오지 않았었다.

"다 제가 잘못 키운 탓입니다."

언젠가 찾아온 종호 형네 아줌마는 오히려 엄마에게 미안해하셨다. 엄마는 규진이 형의 마음이 바뀌기만을 기다리고 있을 수밖에 없었다. 하지만 벌써 많은 시간이 흘렀다.

"그림 공부는 일단 돈이 많이 드니까 떠버리 아줌마가 그런 소릴 한 것 같다."

엄마는 잠시 뒤 우두커니 바라보고 있는 내게 그렇게 말했다.

'돈이 많이 드는 공부.'

나는 그래서 선뜻 선생님의 물음에 대답할 수 없었다.

"무슨 소리니? 넌 예술중학교에 가야 해. 내가 벌어서 밀어 줄게. 염려 말고 그림이나 열심히 그려."

종희 누나는 자신 있게 내 그림 공부 뒷바라지를 해 주겠다고 약속했다.

"누나, 나는 그림 그리는 게 정말 좋아!"

그러자 종희 누나는 집에 올 때마다 물감과 붓 그리고 스케치북을 몇 권씩 사 가지고 왔다. 게다가 종호 형까지도 내가 그림 그리는 것을 아주 환영했다.

"지금도 그렇지만 앞으론 뭐든지 한 가지만 잘하면 살 수 있는 세상이 된단 말야."

오리 아저씨도 내 편이었다.

"한 가지 길로 나가라. 공부든 아니면 예술이든 말이다.

내가 보기엔 넌, 그림 쪽에 소질이 아주 뛰어나. 사람은 말이야, 자기가 하고 싶은 일을 하고 있을 때가 가장 행복하거든. 힘이 드는 만큼 돈이 벌리지 않아도, 자신이 좋아서 하는 일은 싫증을 느끼지 않게 되니 말야. 멀리 보면 그게 더욱 바람직하다고 할 수 있어."

오리 아저씨가 하는 말을 들으며 나는 예술중학교에 진학하기로 마음을 먹었다. 그 생각이 더욱 확실하게 결정된 것도 역시 오리 아저씨 때문이었다. 아저씨가 '한양신문사 창사기념'으로 내건 소설 공모에 당선이 된 것이다.

신문에 아저씨 얼굴이 손바닥 크기만큼이나 커다랗게 실렸던 날, 산동네 사람들의 호기심 어린 눈은 쉽사리 신문 속에서 벗어나지 못했다.

"여기, 여기, 이 사람이 우리 동네 저 위에 사는 그 총각 얼굴 아냐?"

"맞아요! 저쪽 꼭대기에서 닭하고 오리를 키우고 있잖아요!"

"그런 사람이, 뭣 때문에 이렇게 큰 사진이 실린 거야?"

입에서 입으로 오리 아저씨가 소설에 당선된 사실이 온

동네에 전해졌다. 아저씨가 쓴 소설 제목은〈달콤한 메아리〉였다.

아저씨는 우리 집과 두 형들의 이야기를 소설로 쓴 것이다. 소설 속에는 메아리처럼 되돌아가고 싶은 형들의 마음이 눈물겹게 그려져 있다고 했다.

"동물 농장 자리가 좋은지, 자꾸만 기자들을 불러들이네요."

야학 교실에 아이를 맡겼던 아줌마들은, 아저씨를 찾아가 축하 인사를 건넸다.

"부자 마을 사람들! 여기 좀 바라보소! 검정고시 합격에, 신문사 소설 당선에, 이쪽 땅이 아무리 봐도 그쪽 땅보다 더 좋은 명당자린가 봅니다!"

구멍가게 아줌마는 신이 나 있었다. 한동안 입 다물고 있어 온 동네가 조용하더니만, 아줌마의 남모르는 어떤 일이 해결 된 모양이었다. 소문으로 끝나긴 했지만, 믿었던 어떤 사람에게 고생하며 번 돈을 사기당했다는 것이었다. 어찌됐든 한동안 우리 동네는 축하 분위기가 가득 넘쳤다. 떡볶이를 파는 진영이네 아줌마는 덤으로 두 개씩을 얹어 주기도 했다.

"그 청년이 바로 우리 집 단골 손님이시다."

이유는 그거 하나였다.

"정말 요즈음은 한 가지만 잘해도 이렇게 인정받고 사는 세상인가 봐요."

엄마는 신문 지면에 실린 아저씨의 사진을 반듯하게 펼쳐서 아버지께 보여드렸다.

오리 아저씨의 결혼

 동네를 떠날 거라는 사람들의 생각을 덮어둔 채, 아저씨는 여전히 동물 농장에서 오리와 닭을 키웠다. 달라진 것은 사람들이 아저씨를 굉장한 사람으로 쳐다본다는 것과, 낯모르는 사람들이 찾아오는 기회가 많아졌다는 것이다. 그러면서 아쉽게도 동물들의 수가 점점 줄어들고 있었다.
 "오리 총각! 출세했다고 이제 우리 가게에 달걀 안 대줄 거야?"
 구멍가게 아줌마는 그동안 제값을 쳐주지도 않았으면서,

큰 소리는 혼자서 다 했다.

"하기야 그동안 오리 키우고 닭 키워서 동네 사람들에게 나눠 준 것만 해도 어딘데……."

아줌마의 목소리는 금세 누그러졌다.

'그랬었구나!'

그동안 아저씨가 오리와 닭을 밖으로 가져다 파는 일을 한 번도 본 적이 없었다. 그런데도 동물들 숫자가 줄어든 것이다.

"그만한 그릇이 되니까 그런 큰 상도 타게 되는 거요."

아버지도 오리 아저씨를 인정하셨다.

"우리보다 어렵고 힘든 사람들에게 고기도 꾸준히 나눠 주었다고 해요."

엄마도 거푸 고개를 끄덕이며 말했다.

"세상살이가 그래서 어둡고 험하고 힘든 것만은 아니란 거야."

아버지 말처럼 오리 아저씨는 우리 산동네에서 작은 불씨가 되어 주신 분이었다. 나도 오리 아저씨처럼 어느 곳에 있든지, 나누어 주고 서로 도우며 살아가는 사람이 되고 싶었다. 어떤 환경에서든지 탓하지 않고 꿋꿋하게 내가 하고 싶은 일을 하면서 살겠다고 다짐했다.

한때는 부자 마을에 사는 아이들처럼 외제 연필과 물감을 가지면, 그림을 더 잘 그릴 수 있을 거라는 욕심을 내 본 적도 있었다. 하지만 그 생각도 부끄러웠다.

아저씨는 번듯한 서재나 책상을 가지고 있지 않았지만 최고의 일을 해냈다.

"내가 쓴 글이 사람들의 마음을 움직이듯, 네가 그린 그림도 어느 땐가는 굳어진 사람들의 마음을 녹일 수 있을 거야."

나는 그 소리만 들어도 가슴이 벅찼다. 나 아닌 다른 사람이 내 그림 속에서 내 생각을 읽을 수 있다는 말은 아주 큰 감동이었다. 나는 살아가면서 오랫동안 오리 아저씨를 잊지 못할 것이다.

그런데 그런 오리 아저씨에게 또다시 경사가 났다. 결혼을 하게 된 것이다. 여태까지 나는 오리 아저씨가 몇 살인지도 몰랐다. 엄마는 오리 아저씨가 서른 살이라고 하셨다.

"남자는 장가를 가야 돈을 모아요."

동네 사람들은 가축 속에서 살고 있는 아저씨를 염려했었다. 상을 받은 뒤로 그 염려는 아줌마들을 더 바쁘게 만들었다. 동네 아줌마들은 돌아가면서 중매쟁이가 되어 아저씨를 찾아간 것이다.

"학벌은 좀 떨어지지만……. 집안은……. 아가씨는……."

그러나 아저씨는 그때마다 빙긋이 웃기만 했다. 그런데 느닷없이 아저씨가 청첩장 하나를 구멍가게 아줌마에게 내민 것이다.

"안 알리면 나중에 섭섭다고 하실까 봐……."

발 빠른 소문은 동네를 벌써 여러 바퀴나 돌아다녔다.

"오리 총각이 장가 간대요."

새로운 소식이 있을 때마다 구멍가게 아줌마는 신이 나 있었다. 사람들은 가장 먼저 색시가 누구냐며 궁금해했다.

"그건 나도 잘 몰라요."

사람들은 구멍가게 아줌마도 모른다는 소리에 궁금증이 두 배로 커졌다.

"보나마나 많이 배운 있는 집 아가씨겠지 뭐."

"우리가 그렇게 좋은 자리 말해 줘도 눈 하나 깜짝하지 않았잖아요."

"그렇게 공부 많이 한 사람들은 의외로 돈은 따지지 않는다고도 하던데요."

"그런데 날 받은 처녀가 한 번도 이곳에 놀러온 것을 못 봤어."

"안 와 보는 게 백 번 낫지. 이런 곳에서 살고 있는 줄 알면, 식도 올리기 전에 달아나 버리게요."

오랜만에 우리 집에 놀러온 아줌마들은, 한꺼번에 까르르 까르르 소리 내어 웃기도 했다. 아줌마들은 상상력이 굉장한 것 같았다. 그러고 보면 아줌마들도 우리들처럼 이야기하고, 떠들기 좋아하는 것은 똑같았다.

그렇게 말 많은 오리 아저씨의 결혼은 괜스레 내 마음까지 설레게 했다. 나뿐만이 아니라 종호 형과 누나도 결혼식을 기다렸다. 결혼식 날 아저씨를 한 번쯤 골탕 먹이자는 이야기도 나왔었고, 그러다 우리들만의 학예회 행사처럼 착각하기도 했다.

아저씨의 결혼식 날은 토요일 오후였다.

엄마와 구멍가게 아줌마, 그리고 떡볶이집 아줌마, 어묵

집 아줌마, 반장 아줌마…… 나는 우리 동네 아줌마들이 단체로 멋진 옷을 차려입고 나서는 모습을 본 일이 없었다. 그런데 이날은, 커다란 꽃송이들이 골목길 여기저기에서 피어나고 있었다. 나는 엄마 옆에 바싹 붙어 따라갔다. 이날 나는 엄마에게 그렇게 좋은 냄새가 숨어 있다는 것도 처음 알았다.

버스를 타고 찾아간 예식장은 책에서나 보던 궁전 같았다. 산동네에서 가장 좋다는 교회보다도 훨씬 크고 넓었다.

"봐요! 있는 집 색시라니까!"

아줌마들은 화려한 예식장 건물을 곧바로 신부와 연결시켰다. 건물 안에는 사람들로 몹시 붐볐다. 도대체 그 안에서 얼마나 많은 사람들이 결혼식을 올리는지 알 수 없었다.

"오리 총각이 몇 호실에서 하는지 알고 왔어? 오늘 결혼식 올리는 사람이 열 쌍도 넘잖아!"

구멍가게 아줌마가 안으로 들어가 살피며 말했다.

"여기 있네요."

구멍가게 아줌마가 대장 같았다.

"신랑 최일홍! 2층 청실이에요. 올라갑시다!"

나는 이때 키가 큰 어른들 틈에서 손에 땀이 날 정도로 엄마의 손을 꼭 쥐고 있었다. 엄마를 놓칠까 봐서도 그랬지만, 천장에서부터 늘어진 휘황찬란한 유리등 때문이기도 했다. 처음 보는 그 유리등은 너무나도 아름다웠다. 거기서 뿜어나온 불빛들은 내가 고개를 돌릴 때마다 부채처럼 색깔을 다르게 펼쳐 보였다.

"히야!"

"어머머머! 애가 뭐하고 있어!"

엄마는 쓰러질 듯 비켜서서 위를 올려다보는 나를 홱 잡아 끌어당겼다.

"저어기!"

나는 천장의 불빛을 가리켰다.

그러나 엄마는 아랑곳하지 않고 동네 사람들 뒤를 바싹 따라갔다. 그렇게 동네에서부터 서둘러 오더니만 결국엔 너무 일찍 온 것이었다. 입구에 나와서 축하객들에게 인사를 해야 하는 신랑도 나와 있지 않았다.

"들어가 앉읍시다."

동네 사람들은 그러다 신랑석, 신부석을 찾으며 또 한차례 소란을 피웠다.

"엄마! 종수야!"

누나가 야학을 하는 친구들과 함께 들어선 것은 사회자가 신랑 입장을 알리려고 마이크를 잡았을 때였다.

"와! 근사하다!"

신랑 입장 소리가 떨어지기 바쁘게, 오리 아저씨가 성큼성큼 식장에 들어섰다. 그런데 지저분한 구레나룻이 깨끗이 없어졌다. 그것만으로도 아저씨는 완전히 다른 사람처럼 보였다.

"다음은, 신부 입장이 있겠습니다. 하객 여러분께서는 잠시 자리를 정돈해 주시기 바랍니다."

식장에 서 있던 사람들이 부스럭거리면서 빈자리를 찾아가 앉았다.

"신부 입장!"

결혼행진곡이 힘차게 울렸다.

"오머나……!"

동네 아줌마 한 분이 황급히 입을 틀어막았다. 예식장 안은 순간, 물을 끼얹은 듯 조용해졌다. 나는 목을 길게 뽑고서 식장에 들어서는 신부를 바라보았다. 신부는 웨딩드레스를

입고 휠체어에 앉아 입장하고 있었다. 휠체어를 미는 사람은 나이 많은 할아버지셨다.

그때 누군가가 자리에서 일어나 박수를 쳤다. 그때서야 다른 사람들도 우레와 같은 박수를 치며 자리에서 일어섰다.

"감사합니다! 감사합니다! 자리에 모두 앉아 주십시오."

사회자가 그렇게 말했는데도 사람들은 열심히 박수를 치며 서 있었다.

"신부는 20년 전, 교통사고로 두 다리를 잃었습니다. 그러나 그 역경을 딛고 살아 온 보람이 오늘의 결과를 낳은 것입니다."

사회자도 조금은 울먹였다. 사람들은 또다시 힘차게 박수를 쳐 주었다. 박수 소리가 끝나고 잠시 실내는 조용해졌다. 식이 시작되기 전까지만 해도 웃고 떠들어 대던 아줌마들도 한꺼번에 말을 잊은 것 같았다. 게다가 축하 노래 대신 오리 아저씨 친구분이 나와서 들려주는 이야기는 모두의 가슴을 뭉클하게 만들었다.

"저랑 여기 서 있는 신랑, 신부는 소꿉친구였습니다. 그런데 신랑의 첫사랑이 바로 지금의 신부였습니다. 지금이니까 여러분들한테 말할 수 있는데요. 신랑이 대학교에 막 입학했을 때부터 신부한테 결혼하자고 졸랐었습니다."

여기에서 사람들은 잠시 여유를 갖고 웃을 수 있었다.

"그러나 신부는 한사코 건강한 사람 만나서 결혼하라고 거절했습니다. 그것은 제가 옆에서 죽 지켜보았기 때문에 잘 알고 있습니다. 그러나 신랑은 지금껏 한눈 팔지 않고 신부를 기다렸습니다. 지성이면 감천이라고 감동하신 신부께서 십여 년 만에 승낙을 한 결혼이, 오늘 이 자리에서 이뤄진 것입니다……."

아줌마들 중에는 이야기 도중에 눈물을 닦기도 했다. 내가 처음으로 와 본 결혼식장이었는데 웃음보다는 눈물이 더 많았다. 휠체어를 밀고 들어왔던 할아버지와 그 옆에 나란히 앉아 있는 할머니도 계속 눈물을 닦으셨다.

"오리 선생님! 축하합니다!"

"훌륭하십니다!"

식이 끝나자 동네 아줌마들은 오리 선생님의 손을 붙잡고 인사하기에 바빴다.

"우리 계획은 완전히 무너졌어."

누나 친구들은 오리 선생님을 골탕 먹이려고 잔뜩 벼르고 있다가 식장 분위기가 눈물 바다로 바뀌는 바람에 시작도 못해 본 것이었다.

"요즘 세상에 그런 순정파 총각이 어딨어!"

구멍가게 아줌마는 헤어질 때까지 오리 아저씨 이야기만 했다. 나도 오리 아저씨의 용기와 사랑에 큰 감동을 받았다. 나 보다 훨씬 더 몸이 불편한 아내를 맞이한 아저씨 때문이었다. 거기에 비한다면 내 다리는 비록 절뚝거리기는 하지만 혼자서도 걸을 수 있는 다리였다.

아저씨가 절뚝발이라고 나를 놀리던 아이들을 향해, 그토록 큰 소리로 야단쳤던 이유를 그제야 조금 알 것 같았다. 산동네의 많은 아이들 중에서도 특별히 나를 귀여워했던 이유도 말이다.

"아저씨 결혼 축하해요!"

나는 예식장에서 사람들에게 밀려 하지 못했던 축하의 말을 집에 돌아와서야 할 수 있었다. 그런데 오늘 꼭 오겠다던 종호 형이 왜 그곳에 오지 않았는지 나는 그것이 몹시 궁금했다.

장한 형제들

오리 아저씨는 결혼하고 나서도 동물 농장을 떠나지 않았다.

"새신랑이 이러면 되나요!"

사람들은 오리 아저씨를 놀렸다. 그러나 아저씨의 웃음 짓는 얼굴은 하나도 달라지지 않았다. 야학까지 마치고 언제 집으로 돌아가는지도 알 수 없었다.

아저씨는 종희 누나가 어떻게 공부했었는가를 야학 하는 누나, 형들에게 가끔씩 들려주었다. 그 이야기는 아저씨가 쓴 소설 속에서도 나왔었다. 그걸 보고 누나는 남의 사생활을 너무 자세히 그려 놓았다며 화를 낸 적도 있었다.

"이름도 다르고 동네도 다른데 무슨 상관이니?"

엄마는 책에 뭐라고 쓰여 있던지 상관하지 않겠다는 말이었다.

"기왕이면 더 잘되는 쪽으로 쓸 수 있어야죠!"

"그렇게 불만이 많으면 네가 직접 소설을 쓰지 그러냐."

아버지의 말에 누나는 입술을 삐죽거리다 웃고 말았다.

"소설을 쓰건, 의사가 되건 열심히만 해라. 남들처럼 공부만 할 수 있도록 뒷바라지 못해 주는 게 마음에 걸리긴 하지만 말이다……"

엄마는 이때 지금이라도 누나가 공장을 그만두고 학교에만 다닐 수 있으면 그렇게 해 보라고까지 말했었다. 그러나 누나는 고개를 저었다.

"규진이가 언제 돌아올지도 모르고…… 그렇게 되면 학비 모자라 쩔쩔매는 우리 집을 상상해 보세요."

누나는 완전히 철이 들어 이제는 집안 걱정까지 하고 있었다.

"그건 규진이가 돌아온 다음 그때 가서 생각해 보기로 하자."

그러나 누나는 성격만큼이나 확실했다.

"규진이가 돌아오면 학교 그만둬야 할 사람은 바로 저예요. 그리고 싶지 않아서 지금 이대로 공부하려는 거예요."

"예전에는 아빠가 직장이 없었을 때였고, 지금은 다르다. 그리고 정 안되면 내가 다시 음식점에 나가도 되고……."

엄마는 요즈음 들어 부쩍 '자식은 가르쳐야 한다'는 생각을 강하게 하는 것 같았다. 그런데다 엄마는 참 부지런하셨다. 농장 일을 그만두고 나서도 문간방 할머니와 함께 누나가 다니던 곰인형 공장에서 인형을 가져다 꿰매고 있었다.

"내가 나이 먹어서 이런 것을 하고 있으리라고는 생각도 하지 못했네."

언젠가 할머니가 말씀하셨다.

"이게 어때서요. 용돈도 벌고 좋으시잖아요. 우두커니 앉아 있으면 이 생각, 저 생각 짜증밖에 더 나겠어요."

아들 집에 다녀온 할머니는 한동안 시무룩해하시다가 엄마의 이런 위로 때문에 그 일을 시작하신 것이다.

"종수야, 네 스케치북과 물감 값은 내가 댈 테니 염려 마라."

엄마는 행여 내가 물감 아까워 써야 할 재료를 다 쓰지 못할까 봐 미리 말씀하셨다. 그러면서 내가 그린 그림을 온 집 안에 걸어두기까지 했다.

"아예 그림으로 도배를 하지 그래."

그런 말을 하는 아버지도 하루가 다르게 벽에 걸린 그림들을 찬찬히 살피셨다.

"야! 참 잘 그렸다!"

아버지는 늘 그렇게만 말씀하셨다. 그 짧은 말로도 내 자신감은 한 뼘씩이나 자라고 있다는 것을 아버지는 모르실 것이다. 차츰 나는 학교 대표로 뽑혀 각종 대회에 나가 큰 상을 받아왔다.

"오리 총각 아니, 오리 선생님 부인 봤지?"

엄마의 그 격려의 말은 무엇을 뜻하는 것일까.

엄마는 곧이어 이렇게 말씀하셨다.

"너보다 훨씬 몸이 불편한 분들도 꿋꿋이 사는 세상이란 말이다. 거기에 비하면 너는 정상이다, 정상! 알겠니?"

엄마의 이런 말이 아니어도 나는 이상하게도 내 다리가 불편한 것에 대해 심각하게 생각해 본 적이 없었다. 그것은 가까운 곳에 있는 사람들의 영향도 컸다. 누나는 나를 보디가드처럼 따라다니며 감싸 주었고, 종호 형 역시 초등학교 내내 반장과 회장을 거치면서도 내가 동생이라는 것에 대해 조금도 주눅들거나 부끄러워하지 않았다.

동네 사람들도, 말 많은 구멍가게 아줌마도, 나를 보고서 동정하는 눈빛을 준 적이 없었다. 모두가 살기 바빠서 그럴 수도 있겠지만 그만큼 내 주위 사람들은 편견 없이 나를 대해 주었다.

그런데도 엄마가 뒤늦게 오리 선생님의 아내를 나와 비교하는 말은 오히려 이상하게 들릴 정도였다.

엄마는 점점 곰인형 속에서 노는 어미 곰 같았다. 가만히 살펴보면 곰들은 엄마가 앉혀 주는 대로 앉아서 일이 빨리 끝나기를 기다렸다. 그런 인형들을 바라보고 있으면 곰인형도 생각을 할 줄 아는 동물처럼 보였다.

"나야! 종수!"

그러다 나는 피식 웃어 버리고 만다.

"뭐하니?"

엄마가 의아한 눈으로 나를 바라보고 있어서였다. 그림의 소재는 이렇듯 앉아 있는 곰인형에게서도 얼마든지 찾을 수 있었다.

"야! 이 그림 좋다!"

종호 형이 놀러 와서 칭찬을 했던 것도 그렇게 엄마 곁에서 그렸던 곰인형 그림이었다. 나는 그 그림을 종호 형에게 선물했다.

"잘 간직할게."

그러던 형이 미국으로 유학을 떠난 것은 일주일도 채 되지 않아서였다. 형이 미국으로 떠나기 전 날, 우리 집에 왔을 때 그제서야 그 소식을 들었다.

"형, 가지 마!"

나는 쥐고 있던 붓을 집어던지고 형을 와락 감싸안았다. 눈물이 끝없이 흘러나왔다.

"바보같이…… 네가 일찍 알면 입시 공부하는 데 방해가 되잖니. 오리 아저씨 결혼하는 날도 하필이면 미국에 연락할 일이 생겼어. 그래서 결혼식에 못 간 거야."

특별한 이유가 아니라면 오지 않을 형이 아니었다. 그러나 나는 종호 형이 미국으로 떠나는 것은 규진이 형 때문일 거라는 생각을 했다. 언젠가 구멍가게 아줌마도 그런 말을 했었다.

"규진이 그 애가 종호에게 어찌나 시샘을 부리는지 자꾸만 몸이 더 아픈 모양이야. 정신과에도 다녀왔다는 소릴 들었지만 사실이 아니겠지, 뭐."

나는 그저 하는 소리로만 넘겼었다. 그동안 그렇게 많던 소문도 항상 소문으로 끝이 났었기 때문이다. 그런데 종호 형이 멀쩡한 집을 두고 떠난다니 나는 갑자기 참을 수 없이 화가 치밀었다.

"엄마, 가서 규진이 형을 끌고 와요!"

나는 엄마 팔을 붙잡고 일어섰다.

"그래도 나는 내일 아침에 떠나."

종호 형은 어른처럼 말했다.

"저쪽에 계신 아빠 엄마하고 충분히 상의하고 떠나는 거니까 염려하지 마."

나는 아무런 힘이 없는 우리 엄마와 아버지가 이때처럼

미운 적이 없었다. 형이 떠나는 곳이 우리나라 서울도 아니고 미국이라니…….

그건 꿈에서라도 상상해 보지 못한 나라였다. 비행기 한 번 못 타 본 내게 미국이란 나라는, 한번 가면 다시는 못 올 곳으로 생각되었다.

"비행기로 13시간만 가면 되는 곳이야."

종호 형은 낯선 나라, 낯선 사람들을 조금도 두려워하지 않았다.

"이민 가서 사는 사람도 많고, 유학생들도 해마다 늘어 그 숫자가 엄청난 곳이야."

나는 종호 형의 말이 꿈속 이야기처럼 들렸다. 그러나 다음 날 종호 형은 내가 살고 있는 광역시, 아니 대한민국 땅을 떠났다. 형이 미국으로 떠난 그 주일부터 나는 교회에 빠짐없이 참석을 했다. 목사님의 설교를 들으러 가는 것보다, 종호 형을 위한 기도를 하기 위해서였다. 엄마도 아버지도 종호 형을 잡을 힘이 없는 것을 보고 생각 끝에 떠오른 방법이었다.

"하나님! 종호 형을 보호해 주세요."

목사님은 그런 내 마음을 아시는지, 번번이 아무런 말씀 없이 머리만 쓰다듬어 주셨다. 기도라도 하고 나면 마음이 훨씬 편안해졌다. 그래도 한동안 내 눈엔 곰인형도, 벽에 걸린 그림도, 모두가 종호 형의 얼굴로 보였다.

"네가 그림으로 성공만 해 봐라. 종호가 있는 미국에 가서 전시회를 열 수도 있다."

오리 아저씨도 미국을 가까운 이웃나라처럼 설명해 주셨다. 그럴 땐 나도 어서 빨리 커서 아저씨처럼 아주 큰 생각을 할 수 있었으면 하는 바람뿐이었다.

"입시가 얼마 남지 않았다. 종호는 그런 너를 위해 유학가는 것을 숨기기까지 했어. 네가 정말 화가가 되고 싶다면 마지막까지 게으름을 피우지 마라. 게으름은 성공의 최대 적이다."

오리 아저씨는 수시로 내 어깨를 툭툭 두들겨 주셨다.

나는 다시 그림을 그리기 시작했다. 그것은 완전히 종호 형을 위해서였다. 예술중학교에 합격했다는 소식을 꼭 전해주고 싶어서였다.

10월의 단풍이 아름답게 물든 예술중학교의 교정은, 이상하게도 언젠가 와 본 듯한 친밀감이 느껴졌다. 그 기분으로 나는 그동안 쌓아 온 실력을 마음껏 발휘할 수 있었다. 일주일 뒤, 발표된 합격 소식은 내게 뭔가 해냈다는 자신감을 심어 준 계기가 되었다. 주소도 모르는 종호 형에게 나는 편지부터 써 놓았다.

'형, 나는 해냈어!'

얼마 뒤, 약속대로 종호 형은 편지를 보내왔다. 형의 편지를 받던 날 나는 그것을 들고 오리 아저씨에게로 달려갔다.

"종희, 종호, 종수 너희 형제들은 정말 장하다!"

아저씨는 내가 보내는 편지 봉투에 영어 주소를 써 주시면서 혼잣말로 중얼거렸다. 아저씨는 종호 형과 우리를 확실한 형제로 인정해 주는 유일한 사람이었다.

또다시 부는 바람

　산동네의 겨울은 세찬 바람소리로 시작이 된다. 그런데 이번 겨울엔 때 아닌 태풍이 불어닥쳤다. 그동안 말로만 떠돌던 재개발 사업이 완전히 결정되었다는 소식이었다. 동네는 순식간에 그 바람 속에 휩싸였다.
　"앞으로 어찌 되는 거죠?"
　사람들은 구청에서 나온 공무원들을 붙잡고 이것저것을 자꾸만 물었다.
　"이곳에다 새로운 아파트를 지을 거란 말이오. 이제 달동네라는 소릴 듣지 않게 된 거죠."

"그럼 이 집들을 전부 허물어 버린단 말이에요?"

"네, 맞습니다. 그러니 새 아파트가 지어질 동안 다른 곳에 가서 사셔야 합니다."

구청 직원은 목이 잔뜩 쉬어 있었다. 날이 갈수록 담벼락에 쓰는 번호가 늘어갔다. 번호를 쓰는 아저씨는 우리 아버지께서 '세차장'이라고 썼던 글씨처럼 꼭 그렇게 써 놓았다.

"초등학교밖에 나오지 않았나 봐."

새로울 것이 없었던 동네 아이들은, 검은 숫자 위에다 손가락을 대고 그것을 그대로 흉내 내며 돌아다녔다.

"아서라! 번호가 지워지면 너희 집은 혜택을 못 받는다."

어른들은 담벼락의 번호를 아주 귀하게 여겼다. 우리들이 로봇이나 장난감 총을 귀하게 여기듯이 말이다.

"엄마, 우리도 이사 갈 거예요?"

"그래야지."

엄마는 내가 태어나기 전부터 살았던 이곳을 떠나는데도 섭섭한 마음이 없는 것 같았다.

"우리도 이제 맨션아파트에서 살게 된 거야."

우리 엄마와 아버지뿐만 아니라 동네 사람 모두는, 반장 아줌마 집에 모여 회의를 자주 열었다. 그러더니 한겨울인데도 이사 가는 집들이 생겨났다. 전에는 세 든 사람이 이사를 해도, "한겨울에 이사를 시키는 주인은 도대체 누구야?"라며 핀잔을 주었었다.

집주인들은 모질다는 소리 안 듣기 위해, 겨울에 방을 비우라는 소리는 하지 않았다. 그런데 추운 겨울에 집주인들이 앞장서서 이사를 나갔다. 또 하나 놀라울 일은 구멍가게 아줌마였다.

"추워서 더 이상 장사를 못하겠어요. 나도 이번 겨울에는 푹 좀 쉬었다가 새 상가가 들어서면 그때 다시 장사를 시작할 거에요."

"어느 해는 춥지 않았었나?"

사람들은 말은 그렇게 하면서도 헤어지는 것을 몹시 섭섭해했다. 어쩌면 구멍가게 아줌마만큼은 가장 늦게까지 남아서 이사 가는 집들을 끝까지 지켜볼 줄 알았던 것이다.

얼마 뒤, 한 번도 닫힌 적이 없던 구멍가게의 문이 닫혔다. 남아 있는 사람들은 이제 종점의 대형 슈퍼마켓을 이용

해야 했다.

"그놈의 가게는 구수한 이야기가 있나, 덤이 있나."

사람들은 새삼 구멍가게 아줌마를 그리워했다.

"떠버리네가 없으니 굴러다니는 쓰레기들도 심심하겠어요."

정말 그랬다. 아침마다 아줌마가 나와서 쓸곤 하던 골목길 입구를 이제는 바람이 대신하고 있었다.

그것은 시작이었다. 골목길에 들어서면 먼저 나와 반기던 어느 집 찌개 냄새, 반찬 냄새, 부엌에서 쓰는 그릇 소리, 물소리들이 서서히 사라져 가고 있었다. 게다가 겨울 바람은 비어 있는 구멍가게의 주인이 되어, 그 앞을 오고 가는 사람들의 가슴에다 이사를 재촉했다.

어느덧 문간방 할머니가 이사 가는 날이 되었다. 엄마는 그날, 집을 떠나는 할머니를 끌어안고 한참 동안 눈물을 흘리셨다.

"건강하게 오래오래 사셔야 해요."

할머니도 고개를 끄덕이며 연신 눈물을 닦으셨다. 그러다가 이곳에 이사 온 뒤로 처음 찾아온 며느리의 부축을 받으며 골목길을 내려갔다.

'안녕히 가세요, 할머니.'

나는 대문 앞에서 할머니가 보이지 않을 때까지 서 있었다. 엄마만큼은 아니라 해도 나도 섭섭하기는 마찬가지였다. 엄마는 짐 하나를 들고서 자동차가 들어와 있는 골목길 입구까지 따라 나갔다. 사람들은 그렇게 자동차 바퀴로 먼지를 날리며 하나둘 산동네를 떠났다.

"빨리 비켜 줄수록 공사도 빨리 시작하고 또, 우리들도 빨리 이곳으로 돌아올 수가 있대요."

산동네 사람들은 더욱 힘센 겨울바람을 타고 있었다. 엄마도 내가 다닐 중학교 근처에 집을 구하러 다니셨다.

"아저씨도 이곳을 떠나실 거예요?"

"그럼. 이제 이곳에서 내 할 일은 다 끝난 것 같다. 얻은 게 참 많았던 곳이지. 인생 공부도 많이 했고 특히 너희 형제들을 잊을 수 없을 것 같다."

아저씨는 무척 섭섭해하셨다.

"네 토끼는 어쩌지?"

아저씨는 12월 26일인 내 생일에 토끼를 팔려고 했던 것이다.

"아저씨 맘대로 하세요."

"좋아!"

'아저씨는 동물들을 어떻게 하실 건가…….'

드디어 오리 아저씨도 비닐로 만든 천막을 걷어 냈다. 그날 나는 닭과 오리를 붙잡는 재미에, 헤어진다는 섭섭함을 잠시 잊기도 했다. 그런데 토기장을 들여다보았더니 내 이름의 토끼가 사라지고 없었다.

"고아원에 가져다 주었다. 섭섭하니?"

잠시 놀라기는 했지만, 많은 아이들의 사랑을 받으며 자랄 토끼가 눈에 선하게 그려졌다.

"그 토끼는 제 스케치북 속에도 들어 있는걸요."

"자아식! 넌 말야. 글을 썼어도 괜찮을 뻔했어. 저 오리와 닭은 양로원으로 실어갈 거야. 양로원의 할아버지 할머니들이 잘 키우실 거다."

아저씨는 끝까지 존경할 만한 일로 마무리를 지어 놓으셨다.

내가 방학하는 날, 드디어 우리 집도 이사를 했다.

전날 밤, 엄마는 집 안 여기저기를 돌아보셨다. 여기저기라고 해 봐야 뜰도 없는 좁은 집이었지만, 엄마에게는 그제야 내가 알지 못하는 섭섭함이 넘치는 것 같았다.

"벽돌을 사다가 손수 지은 집이어서인지 더 애착이 간다."

엄마와 아버지는 밤새 잠을 이루지 못하시는 것 같았다.

"일 년 반만 기다리면 되잖소."

아버지는 내가 모르는 엄마의 마음을 잘 아실 것이다.

"그땐 여기가 전부 아파트가 들어서 있을 거 잖아요."

더욱 좋게 변해 있을 동네에 대해서도 엄마는 얼마 전과 다르게 기쁨이 없는 것처럼 말씀하셨다.

"그만 눈을 붙입시다."

그러나 나도 잠이 오지 않았다.

다음 날, 오리 아저씨는 우리가 떠나는 것을 끝까지 지켜보셨다.

"아저씨! 안녕히 계세요."

"아니다. 나도 오후에 여길 떠나. 나중에라도 너의 성공을 기다리는 아저씨가 있다는 것을 잊지 마라."

나는 처음으로 아저씨를 꼭 껴안았다.

"녀석! 어디서든 넌 반드시 잘 해낼 거야!"

그러고 나서 어른들처럼 의젓하게 악수를 하며 헤어지는 인사를 했다. 그 악수는 말없는 약속과도 같았다.

'아저씨, 염려 마세요.'

골목길을 내려가면서 부자 마을을 바라보았다. 종호 형이 있을 땐 날마다 별처럼 바라보던 곳이었다. 그러나 형이 떠난 뒤로는 그 별은 빛을 잃었다. 그러다 어느 날부터인지 그 마을에 대한 애틋한 마음까지도 없어지고 말았다.

해가 바뀌어 내 나이 열네 살이 되었다. 열네 살이란 나이는 열세 살과는 느낌부터 달랐다. 발음도 큰 차이가 있었다. 열네 살이 더 의젓하게 들렸다. 차이는 일 년밖에 나지 않지만, 초등학교와 중학교라는 선을 확실하게 그어 주는 나이였기 때문이다.

생각도 자랐다는 것을 내가 스스로 느낄 수 있었다. 똑같은 말이나 행동이라 해도 유치한 것을 알아볼 수 있었기 때문이다. 초등학교 졸업식을 며칠 앞두고 학교에 나온 친구들에게서도 그걸 느낄 수 있었다. 방학 시작 때와는 뭔가 다른 성숙함이 친구들 속에 섞여 있었다.

"내가 교직 생활을 벌써 15년 동안이나 하고 있지만, 이때만 되면 갑자기 너희들이 부쩍 커 버린 것 같거든."

담임 선생님께서도 나와 똑같은 느낌을 갖고 계셨다. 우리들은 그날 마지막으로 먼지가 뿌옇게 쌓인 유리창을 말끔히 닦았다. 그 먼지는 한창 공사 중인 산동네에서 날아온 것이었다.

산동네는 집들이 완전히 없어졌고, 커다란 흙산이 덩그마니 자리하고 있었다. 군데군데 공사 중인 포클레인과 불도저들이 그 위를 장난감처럼 구르고 있었다. 흔적 없는 우리집을 찾아가는 기억은 아예 위치부터 헷갈리고 있었다.

'어디쯤이었지?'

그러다 졸업식 날을 맞이했다. 졸업식에는 엄마와 아버지 그리고 종희 누나가 와 주었다. 그동안 헤어져 있던 산동네의 아저씨와 아줌마 그리고 누나 형들이 운동장을 가득 메웠다.

"어머! 오랜만이에요."

"오랜만이라니! 겨우 두세 달밖에 안 됐는데."

"어머나! 그동안 별일 없으셨어요?"

아마 내가 보기에도 어느 해보다도 시끄러운 졸업식 같았다.

"졸업 축하한다."

그런데 그 속에 규진이 형과 종호 형네 아줌마가 와 계셨다. 나는 규진이 형이 내미는 꽃다발을 물끄러미 바라보고 있었다.

"어서 받아라!"

엄마는 내 등을 만지더니 아줌마와 반갑게 인사를 나누셨다.

"종수가 예술중학교에 들어갔다는 소식 들었어요."

아줌마는 나와 엄마를 번갈아 가며 바라보셨다.

"아이가 그림 그리는 것을 밥 먹는 것보다 더 좋아하네요."

나는 엄마가 좀더 자랑스럽게 말해 주기를 바랬다. 규진이 형이 들을 수 있도록 말이다.

"이건 종호가 주는 거다."

아줌마는 내게 선물 꾸러미를 안겨 주셨다.

"고맙습니다."

규진이 형은 내가 받아든 선물 꾸러미를 물끄러미 바라보고만 있었다. 엄마와 아버지가 다가가 형의 어깨를 만졌다. 그러나 규진이 형은 인사로 고개만 끄덕였을 뿐이었다.

나는 어른들의 마음을 이해할 수 없었다. 규진이 형을 왜 남의 집에 그대로 놔두는지 알 수가 없었다. 게다가 종호 형네 아줌마 아저씨도 왜 규진이 형을 그대로 데리고 사는지도 말이다. 그런 생각으로 나는 한참 동안 말없이 규진이 형만을 바라보았다.

훨씬 수척해진 얼굴에 웃음기 하나 없는 얼굴은, 꼭 병원에 누워 있어야 할 환자 같았다. 그런데도 그런 규진이 형에게 어디 아프냐는 인사말도 하지 못했다. 누나는 나보다 더 했다. 아예 쳐다보지도 않았다.

"중학교에 가서도 그림 공부 열심히 해라."

종호 형네 아줌마는 내 머리를 여러 번 쓰다듬어 주셨다.

"안녕히 가세요 아줌마! 형도 잘가!"

그러자 규진이 형이 나를 홱 돌아보면서 입술을 움직이

려다가 얼른 그만두었다. 누나 때문이었다.

"웬 형?"

화살처럼 튀어나간 누나의 말이 형의 말을 가로막아 버렸다. 누나는 규진이 형을 좀체로 받아들이지 않았다.

뒤돌아 걷는 규진이 형이 왠지 불쌍해 보였다.

'형!'

나는 다시 마음속으로 형을 불렀다.

아파트가 다 지어질 때까지는 이제 형을 만나지 못할 것이다.

어른이 된다는 것은

 산동네를 떠나올 때 일 년 반의 세월은 손안에 잡힐 것처럼 가깝게 느껴졌었다. 그러나 그 뒤로 7년이 지나도록 나는 산동네에 한 번도 가 보지를 못했다. 나를 위해 온 식구가 학교 가까운 곳에서 살다 보니, 어느새 그 오랜 세월이 훌쩍 지나가 버린 것이다. 그 바람에 규진이 형도 만나지 못했다.

 내가 그렇게 오래도록 산동네를 찾지 않은 이유는 또 있었다. 그사이 종호 형네가 부자 마을을 떠나 미국으로 이민을 갔기 때문에, 마음 가는 곳이 없어서도 더욱 그랬다. 종호 형네가 미국으로 이민을 간 것은 내가 고등학교에 진학할 무렵이었다.

그해 규진이 형은 대학에 입학을 해서 서울로 떠났다고 했다. 종호 형네 식구들이 같이 미국으로 가자고 했지만, 끝내 대학의 기숙사에 남기로 하고 따라가지 않은 것이었다. 종호 형에게 거기까지의 소식을 들었고, 그다음은 소식이 없어도 규진이 형에 대해 묻지를 않았다. 그냥 잘 지내고 있을 것으로만 짐작을 했다. 무엇보다 규진이 형에 대한 그리운 마음이 없었다는게, 더 솔직한 내 마음이었다. 그새 내가 대학교 2학년이 되었다.

토요일 오후.

8년 만에 산동네를 찾아간 나는, 어린 날의 그 감회를 떠올리며 가슴이 두근거리기까지 했다. 전날 밤은 잠도 오지 않을 만큼 설치기도 했다. 그러나 막상 그곳에 가 보았더니, 전날 밤 머리에 그리던 그런 곳이 아니어서 얼마나 실망이 컸는지 모른다. 동네 입구가 완전히 달라져 있었다. 현대식 고층 빌딩에 넓어진 큰길, 게다가 옮겨간 버스 종점 자리에는 백화점까지 들어서 있었다.

모두가 낯설었다. 다행히 부자 마을만 옛 모습을 그대로 지니고 있었다. 나는 천천히 걸어서 초등학교 교문으로 가 보았다. 그런데 그새 운동장이 작아진 것일까? 오래 전 종호 형이 교문까지 데려다 준 다음 걸어 들어가던 운동장은, 너무도 멀게만 느껴졌었는데, 지금은 몇 걸음 떨어지지 않은 곳에 교실이 있었다. 교실도 그새 다시 지어서 4층 건물로 바뀌어 있었다. 어디에도 내가 다녔던 흔적은 없었다.

우리 집이 있었던 산동네 쪽으로 들어섰다. 그러나 여러 갈래의 길 중에서 어디로 가야 할지를 몰랐다. 아니 내겐 갈 곳이 없었다. 그러다 구멍가게 아줌마 생각이 나서 상가 건물로 발길을 돌렸다.

'지금까지 장사를 하고 계실까?'

나는 기적처럼 누군가가 나를 알아봐 주기를 바랬다. "아니? 이게 누구야? 종수로구나!" 라는 소릴 듣고 싶었던 것이다. 그러나 사람들은 저마다 몹시 바빴다. 그런 사람들의 분위기와 표정들이 예전에 내가 살던 산동네가 아니라는 것을 확실히 말해 주고 있었다.

더군다나 상가 안으로 들어서면서 나는 더욱 실망하고

말았다. 수십 개나 되는 가게를 일일이 들여다보아야 하는 일이 너무 아득하게 느껴져서였다. 그런데 마음과 달리 나는 입구에서부터 한 곳 한 곳씩 들여다보면서 지나가고 있었다.

"어머나! 너, 너! 종, 종수 아니냐?"

나는 고개를 홱 돌렸다. 막 지나온 가게에서 뛰어나온 분은 내가 찾던 구멍가게 아줌마였다.

"아, 아줌마!"

"어머나! 맞구나! 맞아!"

여전한 목소리와 호들갑이 그렇게 반가울 수가 없었다. 다가와 덥석 손을 잡은 아줌마를 보자 내 눈엔 금세 이슬 같은 눈물이 맺혔다. 종호 형과 연결되는 기억 때문이었다.

"이리 와! 앉아!"

구멍가게 아줌마는 복잡한 식품가게 안으로 나를 데리고 들어갔다.

"어째 그동안 한 번도 안 와 봤니?"

아줌마는 음료수 캔 하나를 따서 내게 건넸다.

"버스 종점이 여기 있을 때는 네 아버지를 통해 너희 집 소식을 가끔씩 들었는데, 종점이 더 밖으로 나가는 바람에 소식이 끊겼지 뭐냐. 엄마는 잘 계시지?"

"네."

나는 고개를 끄덕였다.

"넌, 지금 뭐하고 있니?"

"대학에 다녀요."

"미술대학? 그래 네 학교 때문에 새 아파트를 전세 주었다며?"

"네."

"내가 그럴 줄 알았다. 종희 누나는?"

아줌마는 우리 식구 모두가 궁금했던 것이다.

"대학 졸업하고 종합병원 간호사로 일해요."

"어머나! 너희 집 아이들은 다들 용하구나."

아줌마는 손님들에게 물건을 팔면서도 계속 물었다.

"종호는? 아참! 미국으로 간 것은 알고 있다."

"네……."

"편지 자주 오지?"

아줌마는 별걸 다 물었다.

"규진이는?"

아직까지 규진이 형의 이름도 잊지 않고 있는 아줌마가 나는 놀라웠다.

"잘 모르겠어요."

"종호네가 미국으로 이민 갈 때 따라가지 않고 서울에 있는 대학교에 입학한 것까지는 내가 안다."

"아줌마, 혹시 오리 아저씨 소식 아세요?"

그러자 물건을 만지던 아줌마가 나를 뚫어지게 바라보았다. 그래서 나는 아저씨에 대한 별다른 소식을 알고 있는 줄로 알았다.

"그렇구나! 오리 총각이 있었지!"

아줌마가 잠시 잊고 있었던 기억의 어느 한 부분을 내가 깨웠던 것이다.

"글쎄다. 이 동네에 집이 있었던 사람도 아니었고……."

나는 그길로 서점으로 가서 소설책을 찾기 시작했다. 출판사에 전화를 걸어 전화번호를 물었다. 그러나 그 전화번호는 이미 다른 사람의 것이었다.

"경찰서에 가서 컴퓨터로 알아봐."

가까운 친구가 그렇게 말해 주었다. 그렇지만 나는 컴퓨터 조회로 빼앗긴 종호 형의 기억 때문에 그러고 싶지 않았다. 더 훗날 내가 성공해 있을 때 아저씨께 연락을 드릴 방법은 얼마든지 있을 것이다. 그동안 오리 아저씨는 오리를 키우고 닭을 키우고, 또 누군가의 이름을 붙인 토끼를 키우면서 살고 계실 것이다. 소설을 쓰시면서.

"나, 오랜만에 한국에 나가게 됐다."

종호 형의 전화는 엄마와 아버지 그리고 종희 누나까지도 들뜨게 만들었다.

종호 형이 미국에서 오던 날, 우리 식구 모두는 공항으로 마중을 나갔다.

"종호야!"

엄마는 형을 한눈에 알아보셨다. 부둥켜안고 눈물을 흘리는 엄마가 참 작아 보였다. 형이 너무 커 버렸기 때문일 것이다.

"형!"

종호 형은 의젓한 신사가 되어 있었다.

"자아식! 첫눈에 화가처럼 보이더라."

종호 형은 나를 와락 끌어안았다. 형은 아버지와 누나에게도 그렇게 인사를 했다. 오랜 세월 우리가 헤어져 살았는데도 여전히 우리는 한 식구였다.

"종수야. 너, 나하고 갈 곳이 있다."
종호 형이 며칠간의 바쁜 일을 마치고 나서 나를 불렀다.
"어딘데?"
"가 보면 알아."
형과 나는 고속버스를 탔다. 세 시간쯤을 달려 내린 곳에서 우리는 다시 시외버스를 탔다. 시외버스로 한 시간을 더 달려 들어간 곳은, 나지막한 건물들이 길 양쪽으로 서 있는 낯선 면소재지였다.
"여긴 왜 왔어?"
"따라와 봐."
종호 형이 나를 데리고 간 곳은 면소재지에 있는 조그마한 중학교였다.
"나규진 선생님 계십니까?"
종호 형이 덜 닫힌 교무실 문을 열고 불쑥 물었다. 순간 나는 내 귀를 의심했다.

'나규진? 나규진?'

나는 무엇에 강하게 빨려 들어가듯, 종호 형을 따라 교무실 안으로 들어갔다. 너댓 명의 선생님들이 일제히 우리 쪽을 바라보았다. 그런데 거기 창문 쪽에서 뒤늦게 고개를 드는 사람이 있었다. 바로 한눈에 알아볼 수 있는 나와 한 핏줄인 규진이 형이었다.

"종호야!"

"규진아!"

부둥켜안은 두 사람은 다른 선생님들이 멍하니 바라보고 있다는 것도 잊었다.

"종수하고 같이 왔어."

그러다 종호 형이 나를 가리켰다. 그렇지 않아도 나는 어떻게 해야 할지를 몰랐다. 그랬는데 규진이 형이 내게로 와서 우두커니 서 있는 내 어깨를 감싸안았다.

"미안하다!"

세상에! 그처럼 따뜻한 규진이 형의 목소리와 가슴이 있었다는 것을 나는 일찍이 알지 못했다. 아니, 알 기회가 전혀 없었다.

"형!"

나도 규진이 형을 꼭 끌어안았다. 오리 아저씨 책에서처럼 어른이 된다는 것, 세월이 흐른다는 것, 그것은 미움을 용서로 바꾸는 길이었다. 그러나 그 시간은 너무 길었다. 눈물이 비 오듯 쏟아졌다. 형도 울고 있었다.

"앉으세요. 앉으세요."

그런 우리 뒤에서 누군가가 의자를 가져다 주었다.

"오라는 곳 다 놔두고, 이런 시골로 들어와 보니 마음 편하니?"

종호 형의 말에 규진이 형은 고개를 끄덕였다.

"지내기에 아주 좋은 곳이야."

나는 그렇게 말하는 규진이 형을 물끄러미 바라보았다. 어른이 된 지금은 더욱 더 아버지의 얼굴 모습을 형에게서 볼 수 있었다. 나를 바라보는 형의 눈이 자꾸만 눈물로 젖어 드는 것을 보았다.

초등학교 졸업식 날, 내게 뭐라고 말을 하려던 형의 모습이 문득 떠올랐다. 그때 뛰어가 형을 붙잡았더라면······.

나는 아는 사람 하나 없는 그런 곳으로 찾아간 형의 마음을 그제서야 이해해 보려고 했다. 나야말로 진작 규진이 형을 한번쯤이라도 찾아봐야 했었다. 형의 입장이 되어 한 번이라도 그 마음을 이해하려고 노력했어야 했다. 그러나 나는 그러지를 못했다.

형에 대한 지난 시간들이 참 바보처럼 느껴졌다. 형은 혼자서 바뀐 환경에 적응하느라 얼마나 힘이 들었을까?

그새 지나가던 바람이 교무실 안을 엿보았나 보다. 운동장의 흙먼지를 앞서 치우고 있었다. 그 운동장을 가로질러 나가면서 나는 규진이 형의 손을 꼭 잡았다. 오리 아저씨의 결혼식 날, 엄마 손을 놓치지 않으려고 손에 땀이 날 정도로 쥐었던 것처럼 말이다.

"또 와 줄래?"

고속버스 정류장에서 나를 배웅해 주는 규진이 형의 눈은 여전히 붉게 젖어 있었다. 종호 형은 이틀을 더 우리 집에 머문 뒤 미국으로 돌아갔다.

나는 이때부터 주말마다 고속버스를 타고 규진이 형에게로 갔다. 형은 항상 고속버스 터미널까지 마중 나와 있었다.

엄마와 아버지도 한 번 다녀가셨다. 엄마와 아버지가 찾아갔던 날, 규진이 형이 말했다.

"죄송합니다! 그땐 제가 너무 철이 없어서……. 죄송합니다……."

그러면서 아버지를 붙들고 얼마나 울었는지 모른다.

"아니다! 아니다! 다 이 애비가 못난 탓이다."

아버지도 규진이 형의 등을 토닥거리며 계속 눈물을 흘리셨다. 형을 둘러싼 마음의 장벽은 바로 오랫동안 고여 있던 그 눈물들이었다.

방학을 2주일 정도 앞두고 있을 때였다.

"이번 방학 때는 이곳에 내려와 그림을 그리도록 해. 내가 자주 산책하는 산너머에는 사람의 마음과 같은 저수지가 있고, 또 나지막한 야산도 있어. 경치가 아주 좋거든. 종호도 휴가를 내어 이곳으로 온다고 했어."

규진이 형은 어느새 내가 새로운 곳 아니, 그릴 것이 많은 그곳 자연에 푹 빠져 있다는 것을 알아챘다. 나는 너무나 행복해서 대답 대신 눈물부터 글썽거렸다.

방학날, 엄마는 밑반찬과 함께 여러가지 먹을 것을 준비해 주셨다. 누나도 병원 일을 하루 쉬면서 엄마를 도왔다.

"어울려 돌아다니느라 밥 때 거르지 말고, 네가 형들을 꼭꼭 챙겨라."

"엄마, 이걸 누가 다 먹으라고……."

다 꾸려진 짐꾸러미를 보고 나는 입을 다물지 못했다.

"다 큰 어른이 셋이다. 셋!"

엄마는 손가락까지 펴 보였다.

"먹고 싶은 것 있으면 언제든 전화 해. 더 만들어서 가져다 줄테니까."

그렇게 말하는 누나도 이제는 규진이 형이 보고 싶은 것이다. 그렇지 않아도 미국에서 종호 형이 오는 대로 그곳으로 누나를 부를 생각이었다.

나는 터미널까지 짐을 들어다 주는 엄마와 누나의 배웅을 받으며 규진이 형에게로 갔다. 종호 형보다 일주일이나 먼저였다.

시계를 보니 벌써 한 시간이 지났다. 규진이 형이 종호 형을 마중 나간 사이에, 나는 저수지 앞에다 이젤을 세웠다. 너무나 꿈 같은 시간이어서 가만히 앉아 있으면, 누군가가 그 행복을 빼앗아 버릴 것 같은 불안 때문이었다.

내가 귀여워했던 토끼를 스케치북에 담았듯이 나는 행복한 이 시간을 화폭에 담고 싶었다. 행여 꿈이어서 깨어난다 해도 그림은 남아 있을테니 말이다.

그러나 나는 우두커니 앉은 채로 아까부터 저수지를 내려다 보고만 있었다.

문득, 오리 아저씨가 생각났다. 오리 아저씨가 쓴 소설 〈달콤한 메아리〉 속에서는, 바뀐 두 사람 중에 한 사람이 죽는 것으로 끝이 났었다. 그러나 실제로 내 형들은 그와는 정반대가 되어 있었다. 조금 있으면 나란히 웃으면서 내 앞에 나타날 것이다.

아까부터 아이 두 명이 저수지를 향해 힘껏 돌을 던지고 있었다.

작가의 말

꿈을 향한 메아리

    여러분이 걷고 있는 길은 자신의 인생입니다. 그곳에서 여러분은 희로애락의 감정을 느끼기도 하고 수많은 일들과 직, 간접으로 부딪히기도 합니다. 특히 청소년 시기의 여러분은 성숙으로 가는 초기 단계여서, 타인이나 혹은 내적 갈등으로 좌충우돌 힘이 들 때도 많을 것입니다.
    그럴 때 여러분을 격려하고 지탱해 줄 가족이 있다면, 여러분은 세상에서 둘도 없이 행복한 사람입니다. 가족은 여러분에게 어느 경우에나 큰 힘이 되어 주기 때문입니다. 이 책의 주인공 종수도 마찬가지였습니다. 가족은 종수에게 장애를 이길 수 있게 하고, 소용돌이치던 감정을 다스리게 하고, 어려운 환경을 이기게 했습니다. 그랬기 때문에 종수는 어릴 때부터 가졌던 꿈을 지킬 수 있었습니다.

여러분도 종수처럼 확실한 꿈을 가지고 있나요? 그게 아니어도 여러분은 많은 책 속에서 혹은 주변 어른들을 통해, 꿈을 가지라는 말을 수없이 보고 들었을 것입니다. 그러나 그러한 꿈들은 너무나 막연해서 자신이 무엇을 선택해야 할지 오히려 큰 혼란을 주는 요소가 되기도 합니다.

그러다 보니 아예 접어 두고, 학교 성적이 정해 준 대학의 길이 자신의 꿈인냥 착각하기도 합니다. 그러나 해가 거듭될수록 그러한 선택을 후회하거나 아쉬워하는 사람들이 생기는 것을 많이 보게 됩니다.

만약에 지금까지 여러분에게 이렇다 할 꿈이 없다면, 이제라도 자신의 꿈을 만들어 보길 바랍니다. 없는 것보다 있는 것이 낫다는 말이 가장 잘 어울리는 단어가 바로 이 '꿈'입니다. 누군가 옆에서 선택해 주기 전에 자신이 좋아하고 관심이 있는 분야에서 꿈을 가지기를 바랍니다. 꿈은 부모나

주변에서 선물처럼 가져다 주는 것이 아니라 스스로 만들어 가야만 빛이 납니다. 자신의 선택에 심혈을 기울여 색칠해 갈 것이 분명하기 때문입니다.

그렇게 만들어진 꿈은 여러분에게 자신감과 함께 활력이 되어 줄 것입니다. 마주하게 될 새로운 시대에도 당당한 구성원으로 살아갈 힘이 되어 줄 것입니다.

꿈은 이렇듯 무한한 능력을 가지고 있습니다. 마력과 같아서 남보다 실력이 조금 부족해도, 어려운 환경에 처한다 해도 견딜 수 있는 힘이 되어 줍니다. 책의 주인공 종수를 다시 보세요. 자신의 장애와 경제적 어려움, 그리고 예상치 못한 형들의 뒤바뀜 등, 긴 시간의 혼돈 속에서도 지탱할 근원이 되었습니다. 그 꿈은 마침내 종수가 바라던 변화를 가져다 주었습니다. 더불어 중요한 것은 그사이에도 가족은 변함없이 든든한 울타리가 되어 주었다는 것입니다.

거듭 말하지만 가족은 여러분이 가진 그 꿈을 이루도록 도와주는 매우 중요한 요인입니다. 그런데도 때로는 물질 만능의 물결이 가족 공동체의 틈을 파고들어 수시로 문제를 일으키기도 하지요. 그렇게 생기는 미움, 불신, 분노, 증오는 하루아침에 여러분의 꿈마저 앗아가기도 하고요.

따라서 여러분이 가진 귀한 꿈을 이루기 위해서는, 가족 안에서도 갈등의 골이 생기지 않게 해야 합니다. 그것은 구성원 모두가 노력해야만 합니다. 가족에게는 경쟁과 우열이 있을 수 없기 때문입니다. 서로 배려하며 존중하고 인내해야 합니다. 그래야만 여러분이 선택한 소중한 꿈도 종국에는 풍성한 열매를 맺게 될 것입니다.

『메아리가 되고 싶어요』로 인사한 이 책이 벌써 스무 해를 훌쩍 넘겼습니다. 이제 다시 『달콤한 메아리』로 여러분을 찾게 되어 기쁘고 감격스러운 마음입니다. 오랫동안 옆에서 함께해 준 내 가족과 지인들, 출판사, 특별히 손녀 아진이, 지면을 통해 고마운 마음 고루 전합니다. 모두를 진심으로 사랑합니다!

2023년
아름다운 한강을 보면서
김혜리